Qu
naisina

去奈斯那

鲍贝―著

山西出版传媒集团
北岳文艺出版社

目录 contents

非洲

上帝的餐桌　003
去奈斯那　006
在奥茨颂的帐篷里　013
　　去埃及看金字塔　020
　古埃及神庙以及废墟里的行走　025
　埃及男人的眼睛　028
埃及女人何时撩起神秘的黑色面纱　032
　　撒哈拉沙漠　036

欧洲

　　荷兰小镇　041
　　阿姆斯特丹的橱窗　046
　去阿姆斯特丹吃一块提拉米酥　049
伊斯坦布尔的忧伤　053
一座城市与它的作家们　058
　　Tequila 的夜晚　063
　　暮光之城　067

亚洲

澳洲

悉尼与玩场　073
悉尼歌剧院旁边的中国艺人　077
　蓝山　082
　　考拉和袋鼠　085
Black Tomn　089
　大堡礁　094

印尼，一段未曾想到的旅行　101
雅加达的香蕉和猫屎咖啡　104
一张旧报纸的下午　107
　另一种漂泊与无依　111
　　在西哈努克港的艳阳下　115
　奢华瑰丽的女子避难所　117
吴哥丛林的乐器声　119
　石头的微笑　123
　　在洞里萨河的日子　127
　　　吴哥窟的喘息　131
　　　　去巴肯山看日落　135
　　　吴哥若梦　137
　　四面河边的面相　142
　　巴亭广场的早晨　144
在河内，邂逅一条不知名的街道　146
　　去西贡　148
　樟木口岸　151
加德满都　155
　　泰美尔街　158
　　　在加都的慵懒时光　162
纳嘎扣特　165
　巴堤雅榴莲飘飘　173

藏地

神秘的唐卡世界　179
尼玛塘寺的下午　183
重回拉萨　187
突然消失的古格　193
东方的耶路撒冷　205
听说我在德令哈　210
祁连山的后遗症　229
在那遥远的地方　235
神山脚下　240
可可西里　245
安多　247
千年秀巴古堡　250
注视一场婚礼　252
月光旅馆　254
圣路无终　258

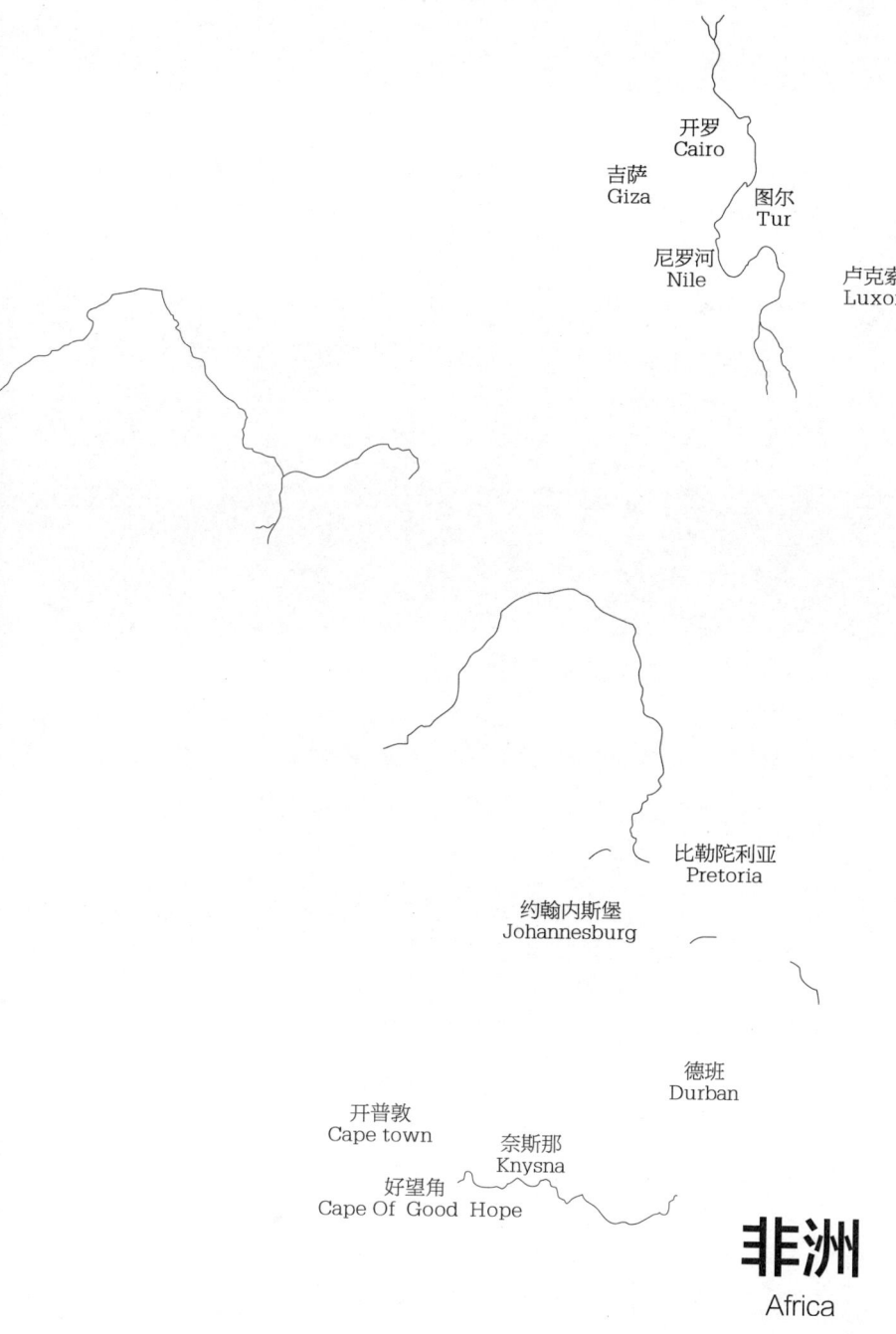

上帝的餐桌

到南非第一站，是开普敦。飞机降落大地，一场雨刚刚走过。天空中布满阴霾，风猛烈地吹，提醒我们这里的八月已是冬天。虽然风很大，但这里的冬天却不太冷，只要一件薄外套，就足以抵御冬寒。

开普敦是南非的行政首都之一，看上去井然有序，很多的建筑设计都接近欧式。要不是看到满大街的黑人，会误以为到了欧洲的某个发达城市。在这座城市里，耸立着一座神奇的山，海拔一千多米，山顶平得像桌子，当地人称它为桌山，也有人把它称为上帝的餐桌。

桌山就像一道壮观的屏风，一面是开普敦这座城市，另一面是汪洋大海。由于它处于大西洋和印度洋的交汇处，地理位置很特殊，加上地中海的气候异常奇特，桌山顶上终年云雾缭绕、气象莫测。翻卷升腾的云雾有时候看上去就像一

// 神奇的桌山

块厚厚的丝绒桌布，笼罩着桌山。据说，云雾偶然也会散去，露出桌山的真面目。然而，这样的日子很稀少，几乎难以遇到。

上桌山可以坐缆车，在无风无雨无雾的日子里，才可以上去。因此，在这个有风有雨又有雾的天气里，我们只是抵达桌山脚下，仰起头一声声地叹息。桌山被浓重的云雾笼罩着，风一直在狂吼。索道上的缆车在我们到达之前，就早已停止运行。

离开之际，我不停地回头望。我来了，我遇见它，却没有看见。我没有看见，也就不能说出它。——这是很令人沮丧的事情。

而我又能说出它什么？它对我意味着什么？一座山？一个地名？一个终于用双脚走近了的远方？我们所有的看见和说出，总是有局限。我眼前的桌山，它隐匿于天地之间，隐匿于大地之上。也许，隐匿是它存在的一种方式。我相信很多时候的说出，即是毁灭。

我来了，它在那儿。我没来，它也在那儿。它从来都在那儿。在大地之上，在世界之外。我看见上帝正在享用它的晚餐，并不接受外界的惊扰。

　　我们入住Southern Sun Cape Sun酒店。酒店所处的位置在开普敦城市中央，下楼逛街很方便。酒店只是让人休整的地方，我们每天早出晚归，根本没有时间去静下来欣赏一下窗外的风景。

　　是在第三天早晨，就要准备飞去另一座城市约翰内斯堡，我早早醒来，哗地拉开窗帘，那个瞬间，我完全被震住。大玻璃窗外正对着桌山，晨光斜照在山顶上，一尘不染。我的房间在二十一楼，站在二十一楼的高度，几乎可以平视桌山。我几乎惊喜到尖叫，像喝醉了酒一样，有些惶惶然，也有些恍惚。忽然间，我看见上帝的身影，还有诸多神灵，它们一个个复活，并唱响神曲，那是来自世界音乐史之外的歌声。

　　这个早晨，我是一个着了魔的人，一动不动地站在窗前，看晨光一点一点变幻、移动，最后将整座桌山照亮，也照亮开普敦这座城市的每一条街道。为此，我错过了早餐时间，只能空腹上路赶去另一座城市。不过，这有什么关系呢？我看见了我所看见的。虽然我依然不能说出，亦无从形容这座山的神奇与美。我只是想表达，我对大地，以及对冥冥之中神灵的一份感激。

去奈斯那

奈斯那有"非洲瑞士"之称。那里依山傍海,风景优美,是南非富人们度假的胜地。去到那里的人,精神和内心都能够得到最大限度的释放和自由。因此,也被人称为"人间天堂"。据说那里最小的别墅,面积也在一千平方米以上。

从开普敦出发,乘旅游巴士需要将近六小时的车程。这是令人惊叹的六小时。一路上的风景犹如中国青海大草原的景色。大片大片盛开的油菜花,盛开在无边无际的草原上,黄得耀眼。南非的八月是冬天,青海的八月是夏天,却一样盛开油菜花。草绿得心旷神怡,天蓝得令人陶醉。

在途中,也遇到一些设施简陋的村庄,是南非的贫民窟,里面住着黑人。那些小而简易的建筑,就像无数只火柴盒无序而随意地堆积在一起。贫民窟里也有简陋的学校和超市,以及医院。住在贫民窟的黑人,多半都在城里打工赚钱。他们去城里的交通工具主要是黑人巴士,当地人简称黑巴,是一种小面包车。这种车,富人都不会去坐,白人也不会,游客更不会。是不敢坐。抢杀打劫的事听多了，对这种开得疯快、车上坐满黑人，又到处乱停车的黑巴，总是心生恐惧。

为什么那些抢杀打劫的人不是白人，而是黑人？理由很简单，白人富有，而黑人普遍都是穷人。人穷了，无路可走了，就变凶变恶了。从理论上说，这个说法似乎很有道理，但仔细一推敲，是很心酸的。同样是人，为什么黑人生下来就穷？要是他们也和白人那样有财富、有权势，他们会无缘无故变凶变恶、无缘无故地去抢劫杀人吗？

据说，奈斯那的一些白人居住的豪宅小区里，在天黑之后，任何黑人都不得出现在小区里。他们只能够在白天上班的时间，才可以出现在小区或受雇家庭里。而我们所到的地方，看到的服务生和做苦力活的，几乎都是黑人。

种族歧视在非洲大陆上由来已久。曼德拉是最为积极反种族隔离的黑人。当曼德拉领导反种族隔离的运动时，南非法院以密谋推翻政府罪将他关进监狱。曼德拉在监狱里前后服刑了二十七年。直至1990年2月11日才刑满出狱。曼德拉在服刑期间，大部分日子都被关在罗本岛，漫长的寂寞和煎熬，只有他自己知道。今天的罗本岛，不再是关押黑人政治犯的地方，已成为了世界游客的旅游景点。

曼德拉是伟大的。他在1993年获得诺贝尔和平奖。在1994年，曼德拉由民主选举选出担任首位南非黑人元首，开始执政。到1999年，他却急流勇退，突然辞去元首执政职位。在南非，要是没有曼德拉，也就没有今天的政治转型。可以毫不夸张地说，曼德拉在南非扮演了一个国父的角色。反对种族隔离、消除人与人之间的差距、团结南非整个国家

的人民,是曼德拉一生的事业和追求。

或许,曼德拉的理想实现了。

曼德拉的理想真的实现了吗?现在的南非政权已然掌握在黑人手里,但是,造福贫困人口的承诺却不是一天两天能够实现的。由黑人自发组织起来的工会,一次次要求涨工资,一次次集体罢工、暴动示威,甚至不惜以生命的代价,目的就是想提高生活水平。然而,住贫民窟的还是黑人,找不到工作失业的人群也还是黑人。

就在这个月的8月16日,我们刚从乔治飞抵约翰内斯堡。在同一天下午,离约堡100公里之外的西北省铂金矿上,正发生一起惨案。黑人矿工要求加薪,集体罢工示威,南非警察开枪打死了36人,受伤78人,259人被捕。警方称开枪打人是出于自卫,而我们无从探知真相,即使我们到达现场。这是血腥恐怖的一天。据说,这是南非种族隔离结束以来发生的最严重的一起暴力事件。

事实上，类似这样的罢工示威和血腥镇压不止一起。这对种族隔离结束之后的新南非来说，似乎不应该再发生。但只要往回查一下历史记载，这样的镇压屠杀，在种族隔离时代，曾出现过几次：1960年3月21日的沙皮维尔惨案，69人死亡；1976年6月16日的索韦暴动，700人死亡。波皮维尔惨案使得南非的反种族隔离者认为和平抗争再也没有了希望，开始考虑武装反抗手段。而索韦托暴动则正式开启了暴力反抗的阶段，为南非培养了一大批反种族隔离的斗士，最终使得白人种族隔离者的统治无法继续。现在，3月21日作为南非的人权日得到纪念，6月16日则是南非的青年节。在种族隔离制度已经结束、全民选举已经实现、新政权也已经得到平稳过渡的南非，各种示威暴动的血腥冲突却依然不断，而且暴力程度也日渐增大。这对南非意味着什么？

原本拥有规模强大的公司和产权的白人，经过黑人雇工的一再罢工和要求加薪的折腾，也觉得无从经营。毕竟，白人虽然拥有积累下来的家产和钱财，但在新南非毕竟不能像以前那样，可以自己说了算，他们已经不能继续奴役黑人，让黑人无休无止地为自己去赚钱卖命了。南非再也不是以前的南非了。好多有钱的白人，被迫改变了策略，或者干脆移民去了别的国家。一些外来的投资企业来到南非，也将面对很多的困惑。现在的新南非政府规定，只要来南非投资的企业，必须雇用80%的黑人。当然这是政府为解决贫穷黑人所做的好事。但是对企业来说，他们并不喜欢大批量地雇用黑人。况且，现在的黑人觉得有政府撑腰了，动不动就联合起来罢工要求无休止地加工资。这导致了好多投资商们举棋不定，或者望而生畏。

在一家奈斯那郊外的中餐馆里，我们遇到一位来自中国的餐厅老板娘，她在南非住了二十多年，一直在这里开餐馆。她说，她很喜欢南非，尤其喜欢奈斯那散漫的生活。但最近几年生意不好做了，雇用的黑人动不动就罢工，向她提出加薪。以前出去办事，都是跟白人打交道，只要有道理什么都讲得通。现在不行了，现在和她打交道的都变成了黑人，在黑人那里一切都变了，变得难以沟通，有道理也讲不通。她算计着，想把餐馆关了，去另谋他路。但她又舍不得奈斯那这块美丽富庶又自由的地方。跟我们告别的时候，那老板娘还在跟我们说："我真是喜欢这里呀，有多少人都想跑这里来啊。"

去奈斯那，去过自由散漫幸福的生活，是每一个人的向往。但是，真正能够去奈斯那的，只有两种人：一种是富人，在豪宅里定居；另一种是穷人，来为富人锄草种地。

在种族隔离时代，黑人在奈斯那的豪华小区里，几乎都是来为白人服务的。如今，黑人终于翻身了，也有黑人住进这里的豪宅，享受奈斯

// 比勒陀利亚总统府前

那的优质生活。然而,有钱买得起这里的豪宅的黑人毕竟少数。况且,在种族隔离时代,白人和黑人受到的教育机会和程度也是完全不同的。种族隔离制度结束之后,这些不同,也是需要几代人的时间才会逐渐消失。这个变化的过程必然缓慢。

  但是已经翻身了的黑人,并没有耐心等待这些问题的解决。南非高速增长的人口和迅速发展中的城市,带来了越来越多的新的社会问题。如何去解决这些问题,已超过了政府的执政能力。这些因素,都导致了绝大多数黑人的实际生活水平得不到提高。另一方面,取得了政权的黑人,却在迅速利用权力致富。如今的南非,出现了一大批黑人富豪,权钱交易比比皆是,与日子越来越艰难的底层民众,已形成鲜明的对比。

  曾经的革命者也在致富后迅速离开底层民众,再也不能成为底层民众的代表。富人越来越富,穷人则越来越穷。这些问题,政府暂时没法解决,穷人对政府失去基本的信任,只能通过罢工，通过一次又一次的暴力事件，来维护自己最基本的权益。

另外，目前的南非经济迅速增长，通货膨胀也越来越严重。那些穷苦的找不到工作的黑人，便成了难民，这导致了他们仇富排外的心理日益高涨，充满暴力的野蛮事件也越来越多。外国人被活生生烧死的情景，甚至胜过种族隔离时期的一些野蛮暴力。

每当危机爆发，人们都期望听到曼德拉的声音。

然而，曼德拉已经逝去，永远地离开了南非，离开了这个世界。纵然他在世，他也终究是一个人，他不是神。

或许，人们在回忆起他的时候，会想起几年前的伦敦海德公园音乐会上，曼德拉曾经对台下的年轻人说："现在是时候靠年轻一代人的力量，来清除世界上的痛苦了。"

每个人都在为幸福、平等、自由而奋斗；每个人都想走进奈斯那、拥有奈斯那的蓝天白云和美丽景致，真正成为奈斯那的主人。然而，我们都知道，并非人人都可以去奈斯那。就如痛苦在这个世界上，从来都不能够被彻底清除。

这是人的局限。

在奥茨颂的帐篷里

必须说一说奥茨颂。

我们在奥茨颂住的是帐篷。只有那天，才让我有身在非洲的感觉。其他日子，都住在四星或五星的酒店里。酒店里的设施和世界各地的酒店大同小异，走进大堂住进房间里的感觉也都是一样的。唯独奥茨颂与众不同。

奥茨颂离奈斯那将近一小时车程。在奥茨颂有个野生动物园，各种动物自然放养在山坡上，都是受到保护的，人不可以随意侵犯它们。非洲是动物的天堂。南非是非洲经济最为发达的国家，但他们仍然没有忘记去保护动物。

我们乘巴士去奈斯那，去好望角，去乔治……公路上随时都会出现猴子、长颈鹿、斑马、犀牛、狒狒等动物。尤其是狒狒，在户外的餐厅用餐，它们随时会冒出来，以迅雷不及掩耳之势伸手偷走桌上的水果或其他食物。有的酒店房间在一楼二楼的，都被强烈告知没事最好别开窗，狒狒随时都会进来造访。在有些路段上，看到的狒狒不止一只两只，有时候多到成群结队，过往的车辆只好停下来让道。为了不引起交通堵塞，南非政府专门派人守在那些路段，只为了将狒狒从公路往山坡上赶。但是，狒狒依然猖獗，总在公路上大摇大摆地走过，严重干扰了人们正常的交通秩序。而南非政府并没有下令用电网阻拦或动用枪击等措施，而是很人性化地用人力驱赶，不伤害狒狒一根毛发。每次看到行驶在公路上的巴士自觉停下来为狒狒们让道，我的心里总是会涌起一阵又一阵莫名的感动。

车子终于离开水泥和沥青浇筑的公路，转了个大弯，进入一段土路。由于天气干燥，车窗外尘土飞扬。满眼所见的黄土坡无边无际，黄土坡上是树林，植被看上去很不错。但没有参天大树，树林空阔但不茂盛，都是些低矮的小树木，更多的是灌木丛，还有很多仙人掌。

我从未见过这么多这么大的仙人掌，长得就像一棵棵树。分叉出去的仙人掌枝条上长满了又硬又粗的刺，看上去张牙舞爪的。靠近它时，心里会自然生发出一种惊悚感。这些仙人掌的年龄，已经很老很老了，树身上长满褐色的斑块，就像长在人身上的老年斑。但我相信，它们的生命一定要比人更古老。很多仙人掌的顶部开着粉的白的花朵，花朵很不鲜艳，干得像纸片。仿佛一阵风过，它们随时都会被吹走。然而，它们那么牢固地长在枝头，身体的一部分和枝干紧密相连，哪怕狂风撕破了它们的花瓣，它们仍然依附着树枝保持生长的状态。树身的根部因缺失水分而开始枯萎，有的甚至已经发霉，在毒辣的阳光下散发出苦涩的气味，这是生命的味道。

我们入住的帐篷就在这片树林里，树林前面有一条河，河对岸还是树林。向树林的尽头极目远眺，能看见连绵不绝的山脉。山顶上积着雪，不知道是什么山，它在遥远的天边，仿佛在世界之外。我的眼睛却看见了它。

　　下午的阳光，洒落在山林里，植物散发出各种生命的气味。我突然很留恋这片山林，以及帐篷里的生活。我觉得以后再也不会有这样的机会，踏上同一片山林来度过一个能带给我独特体验又无比宁静的日子。这样的日子，让我想起旧时光，有一种返璞归真的好。这是一个非洲土著过的日子。只不过我们做了一回仿效者。我们的帐篷里，被褥、浴缸、水龙头、电热毯、烧水炉、卫生洁具等等，基本设施样样齐全。最可喜的是，帐篷外有个木阳台，阳台上摆着现成的小木桌和两只木椅子。坐在那里，可以边喝茶，边看风景。

　　我烧了一壶水，泡茶。茶是从家里带来的普洱和东方美人。这两款茶，都是从一个朋友那里拿来的，他喜欢喝茶，也喜欢泡茶给别人喝。我喜欢看他泡茶时的专注。他是用了心去泡茶、用了心去喝茶的人。他用他的茶，教会了我好多。我很想告诉他，现在只要当茶器摆上，准备泡茶的时候，我的心自然就会慢下来。可是，我一直没有机会说给他听。在这片非洲的山林里，我坐在木阳台上一个人泡茶喝的时候，却那样专注地想起他来，就如他泡茶时一样。

　　风一阵起，一阵静，阳光下的山林懒洋洋的。阳台边有一些低矮的树，叫不出名字，几片落叶旋转着飘过，仿佛是被召唤出场那样，每一片都有自己的姿势和步法。我有些恍惚，感觉自己坐拥在秋天的景里。我差点忘了，这里是冬天。只因太阳灼热，把大地晒得暖洋洋的，让人感觉不出已经走在了冬天里。

　　我去林子里散步，拖着我的布拖鞋。这些日子，我一直拖着我心爱的布拖鞋。厚实的粗布底,复古花纹的鞋面,走在林子里无声无息、自由自在。每一步,都像接上了地气。仿佛这双布拖鞋就是为这片原始的树林而生的。它让我不由自主地往地上看。我看到林间有好多小石头。这些石头,有的光滑乖巧,有的调皮活泼,但它们似乎更应该属于溪滩或者河流,而不应该在山林里。可是,它们偏就在山林里,在灌木树丛之间,满地都是。也许这里曾经是溪滩或河流,水流日夜冲刷着小石头,经久不息。忽然有一天,大地裂变,溪滩变成了高地,长出来一些低矮的植物,而无数的小石头,就这样被搁浅了。是不是这样的呢?

　　我一路走,一路捡。捡回来好多。每一块都有阳光的温度,每一块都有灵性,每一块都可以放在我的书架上与我同生共息。然而,我被告知,不得任意带走这里的每一块石头和每一片草木,否则会被严厉查处。这些石头,我带回帐篷,摆在木阳台上,我给它们拍了照,把玩了半天。次日凌晨,我将它们归还大地,归还这片树林。"天地之间,物各有主。苟非吾之所有,虽一毫而莫取。"——我听从了苏东坡的告诫。

　　夕阳下的山林很美,散步在林间,仿佛走在画里。整个人都变得蓬松,变得慵懒和散漫,步履轻盈。走过一小段山坡,就看见了那条河。河水浑浊不清,岸边长满乱七八糟的水草和各种叫不出名字的植物。这样的河,让人亲切,就像小时候在外婆家的村庄旁边见到的河一模一样,有自己的生命气息。不经修饰,没有人收拾。但总有几个小孩留恋在河边,捕鱼、捉蟹,蹚进河里去摸螺蛳。这条河里的物种,尤其丰富多样。小孩是不敢下去的,河里有河马,

跟水牛一般大。我在河边走过的时候，两头河马正在落日下张嘴接吻，另一头浮在不远处闷头吐水，好像独自一人在一边自娱自乐。一群水鸭嘎嘎叫着，游过来、游过去，划破了平静的水面。

夕阳终于掉进河里，河水如血。抬头看，火烧云染红了天空，如血红的颜料被倒翻，浓艳得令人喘不过气来。可惜没有月亮。在中国，已经快到中秋了，那么，今年最美的月亮，应该会在中国的天空看到。

就在那条河边，沐着如血的晚霞，吃了一顿非洲大餐，直至风刮得人瑟瑟发抖，才摸黑回帐篷。帐篷有门，是一块帆布，加一根拉链。上不了锁，也无从锁起。不管人还是动物，只要想进来，随随便便就可闯入。我们在城里生活惯了，家家户户必须要装防盗门。进门要锁，出门也要锁，门是最安全的保障。然而，就在这片非洲大地的帐篷里，我们被要求毫不设防地过夜。睡觉前，我想洗个澡，发现洗澡用的龙头挂在室外，四周用木条隔离，天花板是天空。也许在你冲澡的时候，刚好路过的长颈鹿会探头进来看一看。

匆匆忙忙冲完澡，又喝了会茶，磨蹭到半夜，才上床睡觉。可我无

法安睡。我相信很多人跟我一样,也会醒在这个夜里。到了后半夜,风大得惊人,刮得帐篷哗啦哗啦响,仿佛再猛劲一些,帐篷就会连根拔起,我们的床和人也会被风卷到别处去。

也罢,睡不着就不睡,索性让自己醒在这个陌生而奇特的夜里。想开灯翻翻书,又不敢,怕灯光会引来动物的好奇和攻击。

那一夜,我变得特别灵敏警觉,就像放养在山里的野生动物。人醒在黑夜里,虽然看不见,却能够听得很分明。我的耳朵一直竖着,听帐篷外各种动物的声音,还有它们走来走去的细碎而凌乱的脚步声。我拼命辨别着那些声音,到底来自哪一种动物?然而,却是一夜徒劳,我根本无法辨识。

有一种动物发出来的声音,简直让我丢了魂。它不叫,也不跑,只是叹息,叹息了一整夜。一声接着一声,直到天蒙蒙亮,我终于披头散发地跑出去,才弄清楚,是河马在吐水。它们吐水吐了一夜,我听了一夜的叹息声。

我跑回床上,倒头就睡。睡得像死过去。我还做了一个梦。我变成了仙女,梦见了小矮人,我们在树林里快乐地生活,身前身后聚集着各种各样的小动物,它们和我说话,和我一起散步,一起摘果子。树林里没有路,但却留下一些动物走过的模糊的分叉道。一切回到史前,自由,原始,纵情。我不知道,我怎么会做这样的梦?在中国的床上,它们从来没有被梦到过。

// 胡夫金字塔

去埃及看金字塔

　　在埃及，神绝不是虚无的。它不在彼岸，是此在的，它就在身边。只要你抵达埃及，见到金字塔和那些浩浩荡荡建立在城市中心的坟墓群，你就会强烈地感觉到。

　　那天阳光凶猛，感觉能将人晒焦。可在见到金字塔的时候，却浑然不觉周围的热气腾腾。看到的第一座金字塔是昭赛尔法老的阶梯式金字塔，是埃及最古老的一座。塔座的石块好多已剥落，据说是被当地人偷偷挖去修建了自家房子。在当地人看来，用来修建金字塔的石块是由神灵护佑的吉物。现在，这座最古老的阶梯形金字塔，已搭起了脚手架，工人们正在进行修缮工作。靠近它，感觉有些危险，仿佛哪一块巨石冷不丁就会轰然滚落下来。

　　听说，最大最有名的是胡夫金字塔，不仅允许爬上去，还允许进入到金字塔内部去参观。于是，迫不及待地赶过去。

　　胡夫金字塔在吉萨，离开罗城市约四十分钟车程。在 1889 年巴黎建起埃菲尔铁塔之前,它一直是世界上最高的建筑物。这座金字塔的底面呈正方形,每边边长二百三十多米,绕金字塔一圈,差不多要走一公里的路程。胡夫金字塔除了规模巨大之外,它的建筑技巧更是令人惊叹,塔身的石块之间,没有任何水泥之类的黏结物,而是一块石头叠着另一块石头,每块石头都磨得很平,石头与石头的缝隙,连刀都插不进去。每一块石头都在两吨以上,谁也不知道这些巨大的石头,是怎么被叠上去的。

在胡夫金字塔不远处,还有海夫拉法老的金字塔和门卡乌拉法老的金字塔。在埃及,有一百多座金字塔,大小形状各不相同。为了不被盗墓者发现,许多法老将金字塔修建在不为人所知的隐秘地带,迄今为止,仍有一些金字塔没有被找到。事实上,除了未被发现的金字塔之外,法老们的木乃伊和殉葬品,已经被古代盗墓者和19世纪的欧洲人扫荡一空。我们所看到的金字塔里,早已空无一物,只有冰冷的石块和无穷无尽的时间。

从金字塔里挖出来的部分木乃伊和殉葬品,被陈列在开罗博物馆里。制作木乃伊的巨石像一张床,死去的古埃及人就躺在那里,开肠剖肚整个程序下来需要一个多月,才能被制作成一具可以永久保存的木乃伊。木乃伊竖放在密封的盒子里,付一百美金,工作人员会打开来让你看一眼。漫步其间,你会被这些陈列的殉葬品吓着。实在昂贵得难以想象!金的床、金的椅子、金的面具,以及一具具赤金的棺材和一些千奇百怪的物品。最令人惊愕的是,胡夫法老穿过的两条内裤,也被陈列在其中,一条能包住臀部,很宽松;另一条,是内裤里的内裤，其实是个长长的小布袋，就像避孕套的加大版。面料都是麻质的，本白色，泛着旧暗的黄。从这个小物件里，我们也许可以感知当时的法老对自己的珍爱程度。其中有七具金棺材，从大到小，一具套着一具，有点像中国的套盒，也是从胡夫金字塔里挖出来的。套在七具金棺材最外面的，是一具石头棺材。石棺还留在金字塔里。想要见到那具石棺材，就得进入胡夫金字塔的内部。

当然，并不是为了去看那具巨大的石棺材，才下的决心深入到金字塔里去的，实在是为了满足自己的好奇心。

拿到门票，心按捺不住地紧张。处于古汉语里的"惴惴""忐忑"之中，还有些敬畏和凛然。金字塔外部阳光四射，它在你眼里是一座伟大的建筑物，而一旦进入，你会立即明白过来，这座神迹一样的建筑物，它其实是一座坟墓，你进入的是一座墓穴的内部或者深处。这是一个超现实主义的现场，而我，正要鼓起勇气穿越它。

谢天谢地，一位小孩愿意陪我进去，很阳光的中国孩子，在英国读书，是个无神论者，不会疑神疑鬼地去迷信，也不会有怪念头出来阻碍他。我叮嘱他，我们不能在下面待太久，因为空气太糟糕。二十分钟的时间，我们最好能够缩短在十分钟内就出来，还有，我们不能分开，要一起走。小孩说，好吧。听说里面很暗，我们没带手电。小孩没再作声。没走几步路，一个大概陡峭至四十五度的洞穴忽然出现在眼前，我们必须猫着腰，将身体折成直角才能进入。小孩走在我前面，他的头从腰部转过来，忽然对我说：我有点不想进去了。我推了他一下，与其说是在推他，还不如说是在推自己。我已容不得他犹豫，更不允许自己多想。我们要对付的，不是鬼怪魂灵，而是，需要战胜黑暗和未知的勇气。

这里曾是死者进入的地方，是通往阴间的入口。对古埃及人来说，这里又是通往乌托邦世界的洞天福地。《金字塔铭文》中有这样的记载：

"为他建造起上天的天梯,以便他可由此去到天上。"金字塔,即天梯。角锥体的金字塔形状,又表示对太阳神的崇拜,因为古代埃及太阳神"拉"的标志是太阳光芒。站在金字塔棱线的角度朝西方看,可以看到金字塔就像撒向大地的太阳光芒。在古神庙看到的很多方尖碑,也拥有同样的意义,象征太阳的光芒。

进入到胡夫金字塔内部的我们,所能看见的和能感受到的,只有黑暗、石头,还有糟糕污浊的空气。不敢大口喘气,也不想张口说话,围巾一直捂着鼻子,快窒息为止。四千多前年的气味扑面而来,实在不好受。不知下到多少石阶,有一个一米多见方的平地,可以容我们直立起身子休息一会。继续往上爬时,仍然需要猫起腰,屈弯至九十度。爬行至石阶的尽头,终于到达一个几平方米的平地,一位身穿长袍包着头布的埃及男人,手里晃着一支手电筒的光,开始用他的阿拉伯语向我们介绍。看不清他的脸,也听不懂他的话,陌

// 昭赛尔法老的阶梯式金字塔,是埃及最古老的一座

生的语言，让他感觉很遥远，很诡异，像一个来自阴曹地府的幽灵，若即若离地跟随着我们。在他手指的方向，我看到了那具巨大的石棺材。

小孩捂着嘴发出呕吐一样的声音，我以为他要呕吐。他说他只是在大口喘气，不能再待下去了，会窒息。我带着他逃一样逃离现场。这一刻钟，我们到达了墓穴的深处。事实上，除了一具石棺材，我们什么也没见到，里面一无所有。

失望么？也未必见得。至少没有遗憾。虽然我们的到达，只不过满足了一下好奇心，经历了一次穿越，穿越一座四千多年前的古墓穴，穿越自己。世界没有内部。也没有深处。它从来就不会真相大白。

然而，有那么多的人，都想当然地觉着，世界有朝一日总会真相大白。为了揭开金字塔之谜，全世界的人都用尽了脑子，甚至用炸药将金字塔炸开一个洞，以便研究，试图作出科学的解答。这听起来多么荒谬！他们早已丧失了对自然万物的敬畏和恐惧，成了彻底的唯物主义者。战胜迷信，确实可以给人以开发世界的勇气，但毫无顾忌的无所畏惧，对于人类却是一种灾难。

这些巍然屹立的金字塔，是奇迹，也是神迹。神迹是人无法揭秘的。古埃及人的智慧，难住了全世界！它神秘得令全世界的人慕名来到此地，像一脚踏进了"世界深处"，以为走在神秘的世界内部，却只不过在自己的幻觉里面走了一趟。在离开之际，恍然如梦初醒，仿佛获得一次重生。

古埃及神庙以及废墟里的行走

古埃及的神庙,被称为"神的家",是供奉逝世法老的地方,也被称为"亡君的家"。法老死后,为了举行来世轮回的仪式而设立的场所。

四千年之后的今天,神庙已是残墙断壁的废墟。走进卡尔纳克神庙遗址的那个下午,是我与四千年前的古埃及文明相遇的下午,感觉我的气就没喘过来,完全被震住了。行走其中,一些汉语里的词汇,仿佛迅速在这片废墟里找到依据,并一一在我眼前复活:强权、霸气、雄伟、男性……这是一个男性或者说雄性的世界,它跟女性没有关联。女性在这里找不到任何痕迹。所以,在古埃及能够出现一位女法老,真的是一件惊世骇俗的事情。

我的心无端地热烈起来。总是这样的,每当我与千古遗址的废墟相遇,就会产生出异样的感觉。记得那年去古格和

// 古神庙里的方剑碑

吴哥窟，也是这样，心无端地热烈着，喘不过气来。走在经历四千多年沧桑的古埃及神庙里，我明白，我不仅被热烈和敬畏所包围。那感觉真的是撼人的。

　　在巨大的废墟里走，你得不断对抗自己的虚弱和渺小，你的神经会变得无比脆弱，又极其敏感，一触即悲情漫漫，觉得人生虚无，活着虚无，一切都是无意义的。悲情与虚无感，又令人生出一些诗意来，你感觉你只是一个灵魂，游移于谜底一样的废墟之上，俯视各种感受、幻觉、传说、神话、意义、奥秘，以及不可泄露的天机……直至离开，你会吓一大跳。

　　当然，人总是被自己的心给吓着的。古汉语里还有一个词语叫"压惊"。人在受了惊吓之后，需要压压惊。回到开罗，住进酒店，怎么也睡不着。酒店的院子很大，转来转去直至夜半零点，此刻的开罗，整个城市在沉睡，而我醒在开罗，醒在这个城市的某个酒店的院子里。没有任何人可以在这个时间被你打搅，陪你说话。酒店大堂还亮着灯，角落里还有人在弹唱，看起来应该是一个酒吧。我游荡着走进去，坐在吧台前，要了一杯咖啡。一个欧洲男人坐在我对面，他寂寥淡漠的脸容，沉静在一杯晃荡的红酒里。

　　咖啡来了，咖啡的浓香和服务生暧昧的笑容，立即让我回到了现代。

// 开罗清真寺里，正在等待接受洗礼的人们

埃及男人的眼睛

这里是撒哈拉沙漠的边缘，而非腹地。有一段可以坐骆驼前行的路。帮我牵来骆驼的男人来自埃及，穿着长袍，头上缠着伊斯兰头巾，脸和眼睛都是黑黑的，看上去没什么表情，唯独目光闪闪发亮。我在他的帮扶下坐上高大的骆驼。他那样目不转睛地死盯着我的脸，简直纹丝不动。

我很不习惯被别人这么死盯着看，故意不搭理他，假装看不见。但他的目光一直不移开，好像非等着与我的目光接上才肯罢休。我努力不与他对视，尽量把脸别开去看远方。因为与他对视上了，麻烦就开始了。他会开始与我搭话，我需要回答他那些千篇一律的问题——你来自哪儿？来旅游的吗？待多久了？下一站去哪儿？只要你开口，他就会有随时向你讨要东西或伸手过来的可能性。一路过来的经验这样告诉我，还是不要开口的好。

然而，我到底坚持不住，忍不住看了他一眼，我的目光像被他突然逮住，他的眼里闪过一丝笑。其实那样的笑，不过是一闪而过的，是不含任何感情的,与其说他是在看我的脸,莫如说是在看沙漠上出现的一个深洞。

在埃及,我被很多那样的眼睛死盯着看过,走路之间,会突然有人在你身边止步立定盯着你看,身体一动不动像冻僵一样凝固着。有时候会被惹起一股无名之火,以为以眼还眼狠狠回视对方,对方定会收回视线。

然而,这在中国行得通,在埃及,根本行不通。不管你的目光如何恶狠狠地回击过去,对方好像丝毫不以为然。你无法拥有巨大的耐心,与他们长长地对视下去,只得败下阵来,转过身去,还能感觉到自己的背,似乎被看出一个洞来,心情迅速黯淡下去,对一个异族女子来说,多少还有些恐慌。

但是你总不能去告发这些眼睛。塞拉丁说,埃及女人全被严严实实地包裹起来,埃及男人只能逮住外国女人看,除了好奇,其他的都 No Problem。而我却以为,这样的目光太令人不适,太有 Problem!

我还是收回了视线,没再理那个男人,我怕我的抵触情绪会在言语里流露出来,以至于引来这个男人的仇恨,把我碎尸在沙漠里,只消一阵狂风,我便会埋葬于此,从此销声匿迹。我可不想以这样的方式死去。所以,我一直望着远处,望得两眼发酸,就是不肯收回视线去看他。

我不知道是他累了,还是他的骆驼累了,我们忽然停下来。他高举起双手,在骆驼的长脖颈上摸来摸去,眼睛还是没有放过我。他的目光里甚至有些忧伤,有些温情脉脉的元素。我甚至觉得这个瘦而挺拔的男人,他黝黑的脸长得其实挺俊的。心里莫名地摇晃了一下。假如是电影,我相信这种莫名的摇晃，就是浪漫的开始。我真的希望，我误读了他的目光，他并无恶意，就像塞拉丁说的，No Problem。然而，我一开始的感觉应验了。他开始用蹩脚的英语向我表述，要么跳下骆驼走，要么给他东西。

这种感觉糟糕透顶。再看他的黑眼睛，露出一种猥琐和阴暗。他们是不是穷疯了？然而，他们穷，却不凶，也不恶。确切地说，是令人生厌。

记得去金字塔那次，有很多男人的目光也这样追着你看。除了假装看不见，一点办法都没有。看就看吧。可问题不在这里。他们看着看着就会设法接近你。废墟上总有高低不平的断墙残壁，人在上面走，难免会被某块松动的石块或什么物体所绊倒，此时，一双黑黑的手就会及时伸向你，把你整个扶起来。你正欲对他说声感谢的时候，他已先你开口，索要小费或指你包里的东西，似乎藏于包里的任何东西，只要你肯，他都愿意接受。

但他们不偷，也不抢，但一双手不闲着。当你还没回过神来，他一边开口索要小费，一边在你屁股或大腿上狠狠摸一把。这种时候，不管心理和生理上都会产生强烈的反感和不适，只想给点小费快点打发掉走人。但往往是，对方收了小费，依然不离不弃地跟着你，你走到哪儿，他随你到哪儿，像尾巴一样甩都甩不掉。简直无可奈何。

埃及的小商品市场琳琅满目，然而，摆摊站店的全是男人。于是乎，你要跟这些埃及男人去讨价还价，是要具备强大的耐力和相当强韧的神经的，否则你休想从他们的目光中脱身。他们没完没了地跟你说话，把你围在店里。除非你愿意挨宰，不砍价，付了钱拿了东西就走。

纵然这样，也还是要提防他是否有货。因为你看中的样品，他不一定卖给你。他会跟你说，他从里面给你拿新的。一旦你先付了钱，他就再也拿不出新的货来了。其实他是没货了。他一边说要去仓库里拿货，但走过去有点路，一边又推荐你买别的。直到你烦了，只想要了样品就走，但他坚决不会让你拿走样品。就是跟你磨嘴皮子。钱是休想拿得回来的，除非你又按他的意思，将就着选买其他有现货的商品。

// 卢克索街头

埃及女人何时撩起神秘的
黑色面纱

在埃及的日子里,跟我们打交道和说话的全是男人,仿佛我们踏入的,是一个没有女性的国度:粗粝、单调、喧嚣、混乱不堪……

从开罗到卢克索,又从卢克索回到开罗,几乎所有的商店、餐厅、咖啡馆、小商品市场等公共场所里,看不见一个埃及女人。连女人用的香精店里,也都是雇用男人当服务生。

偶尔在路上遇到的女人,都身穿长长的黑袍,蒙着乌黑的面纱,行色匆匆,低着头走路。看多了,眼睛慢慢像受了伤,变得有些酸涩,像面对蛮荒。藏匿于黑面纱后面的那颗灵魂,当她向我揭开黑色面纱的瞬间,是否会领我到世界的另一面。

埃及信奉伊斯兰教。现在信奉伊斯兰教的女人,依然不能上班,不能在公共场所露脸。她的脸除了家里人,一生只能让一个男人看见。

在上世纪60年代末,萨特和波伏娃曾抵达埃及。当时的总统纳赛尔亲自接待了他们,并派出一架小型飞机专供他们使用。埃及政府请求萨

特和波伏娃向全世界传达埃及政权正在为之奋斗的埃及人民的事业。在这场被精心安排的政治活动里,波伏娃却对另外一些事情起了好奇心。她在埃及的土地上,看到了贫穷的村庄,看到了因饥饿而瘦弱的农民,看到了天天蒙着面纱不得参加工作的女人。

　　波伏娃与埃及的女权主义者取得了联系,她们中有记者、律师,还有医生。她们不戴面纱,但却从来不迈出家门一步。不管在咖啡馆的露天座上还是餐厅里,从来都看不见埃及女人的身影。波伏娃在开罗演讲,愤怒地指责埃及人在面对妇女时就像"封建主、殖民主义者、种族主义者"。她甚至用他们自己正在进行的独立战争的名义来谴责他们。波伏娃的那一次演讲,愤慨激昂、言辞激烈,而台下却只有女人在鼓掌。讲座结束后,一些男人上来与她理论,想让她理解女人的不平等应该被当作是一项神圣的、凌驾于所有法律之上的规则来遵守。

波伏娃在开罗接受了大量采访，她一再批判对妇女的歧视，谴责那些认为妇女有宗教赋予的永恒使命，或是因生理特征而具有特别功能的人。

纳赛尔执政的时代过去了。波伏娃也早已离开人世。埃及的女人却依然蒙着面纱，她们的世界依然一片漆黑。不知道还有没有人像波伏娃那样，再跑到埃及去替那些可怜的女人们申诉。

那天我跟萨拉丁聊天，聊起埃及女人每天蒙着面纱生活，不得参加工作的事。萨拉丁家住开罗，是一位地道的埃及人。他说，其实他也主张女人和男人一样，可以揭去面纱，自由地去呼吸，去参加一些工作。萨拉丁还知道我们中国妇女缠足的历史。我说，让女人缠足和让女人蒙着面纱，都是对女人身心的一种摧残，是男人强权之下的产物。萨拉丁笑笑：在你们中国，妇女已经解放了。在我们埃及，要揭开这层面纱，恐怕没什么可能性。

只要你们男人都反对女人蒙着面纱，为什么就不可能？记得我问萨拉丁这句话的时候，是在去年秋天。还记得萨拉丁指了指大街上到处悬挂着的一张大头肖像，脸上夹杂着被压抑的鄙夷之色，说：我们也反对他，做了三十年的总统，还不肯让位。萨拉丁的意思是，他们只不过是平民百姓，平民百姓的反对与支持，向来都只是内心里的事，是起不了任何作用的。

还是让我来描述一下那张肖像吧，不管在开罗，还是在卢克索，我无数次看到他：黑西服，黑领带，白衬衫，四方脸，平头，脸容虽然带着些笑意，但更有着君临天下的威严与霸气。他就是埃及总统穆巴拉克。看上去大概四十多五十岁不到的样子。那是他照片上的年龄。萨拉丁说，这张照片在埃及挂了三十年一直就没有换过。生活中的穆巴拉克，已经八十五岁高龄，都老得不成样了。

回国不久之后，便有消息说，埃及民众开始抗议，要推翻穆巴拉克。一场革命持续了大半年，穆巴拉克终于在 2011 年的 2 月 11 日被迫下台。这场革命的成功，让所有人感到欢欣鼓舞。我想在埃及的萨拉丁，以及像萨拉丁一样心里暗藏着一份隐秘期盼的人们，也一定会为此感到高兴。

谁说平民百姓说的话没有用？民意是不可违背的，任何的专制统治与强权，最终总会被推翻。只是时间问题。那么，顺着民意，埃及的女人，是否很快也会被允许揭去那层讨厌的面纱，可以和正常人一样在阳光下自由地呼吸，露出她们美丽的容颜。

我是女人，祈愿天下所有的女人都能够享有平等和自由的权利。

// 北非·沙漠

撒哈拉沙漠

心虚悬着,像断了线的气球,落不到实处,惴惴不安,又有难以抑制的激动。因为,将去撒哈拉沙漠。萨拉丁已经联系好越野车。司机是一个埃及人,他的身上脸上头上都紧紧缠着一层棉麻布,只从他露出来的双眼和握方向盘的一双黑黑的手可以判断他是一个年轻的小伙。如此广阔的蛮荒,不知道他是如何在无垠中辨别方向的。

这是三毛走过的地方。以前读她的《撒哈拉沙漠》,心里充满向往和好奇。在撒哈拉沙漠生活的日子里,三毛去看几年才洗一次澡的女人,看她们怎样用石块刮下身上的污垢;看小孩在母亲怀里,和着污垢与汗水吸吮乳汁;冒险去西属撒哈拉西岸海边看女人用海水灌肠;看一个十岁的女孩经过六天的婚礼后一张胖胖的脸变得眼眶下陷;沙漠中的人不识字,女人病死也不看医生,因为医生是男人,这促使三毛大胆行医,一夜之间成了沙漠部落中的神医……这是一个远离文明的原始部落,三毛走进这里,是为了什么?

这是一段未知的旅程。而我，也义无反顾地踏上这段旅程，踏上这片非洲酷热干燥的土地，除了满足一份好奇与天真，我还为了什么？我只是一个俗人，每到一个地方，总要追问为什么？可从来就没有答案。也许，答案是有的，它无法被整理成语言。

在沙漠里，居然见到了海市蜃楼。萨拉丁说，蹲下，快蹲下看。蹲下，让目光贴着地平线，一直延伸至尽头，居然看到了潺潺流水，还有一些模糊的建筑物，像一座繁华于沙漠里的城。不知道这是光的反射，还是别的什么原因。它那样真切地跃入我的眼里，浮现在天的尽头。然而这份真切只是一个虚幻的影，它从来就没有存在过。

但是，这份"不存在"，却从此被我刻骨铭心地记住。

汗水渗出皮肤，又迅速被阳光吸干。身体变得又干又燥。不管你来时怀着多少浪漫幻想，但只要走进沙漠里，你就会忽然明白，这是一个与风月毫无关联的地方。你只会被一些简单的词汇感动：水，活下去。

以为不会看到人。萨拉丁说，这里已十五年没下一滴雨，你能想象吗？人在这里怎么存活！

然而，我们还是见到了人。一个小小的部落，叫不出来它的名字。村边有一个简陋到极致的清真教堂，他们信仰伊斯兰教，每天来这里做祷告。教堂不远处有一口井，深不见底。爬上井台往下看的时候，我并没见到水，只感觉一阵阵的眩晕。但我相信，在井的下面，最最下面的地方，一定是有水的。

部落边有沙山。我们爬上沙山看远处的落日。落日的光辉把沙漠照出一种赭红色，我在那一抹红里，感受到了无边的孤独和感动。

你愿意留在这里吗？

我无语。一个身穿黑色长衫，罩着黑色头布的女人牵着骆驼从我眼前走过。

给你一个荷西，你愿意留在这里吗？

多么简单的问话，带些可爱。我仍然无语。一切都是不可解释的。我们每个人都在追求超越和独特，然而，我们的情感与生命往往只能陷于局限之中，那个追索的境界，想来令人生畏。

"飞蛾扑火的一刻里，定是很快乐与幸福的。"三毛也是拥有这种豪迈与决绝的，所以，当她以一双丝袜结束自己的生命时，我并不感到惊讶。

想起三毛生前的一段话：不记得在哪一年以前，我无意间翻到了一本美国的《国家地理杂志》，那期书里，它正好在介绍撒哈拉沙漠。我只看了一遍，我不能解释的，属于前世回忆似的乡愁，就莫名其妙，毫无保留地交给了那一片陌生的大地。

// 和非洲小女孩一起

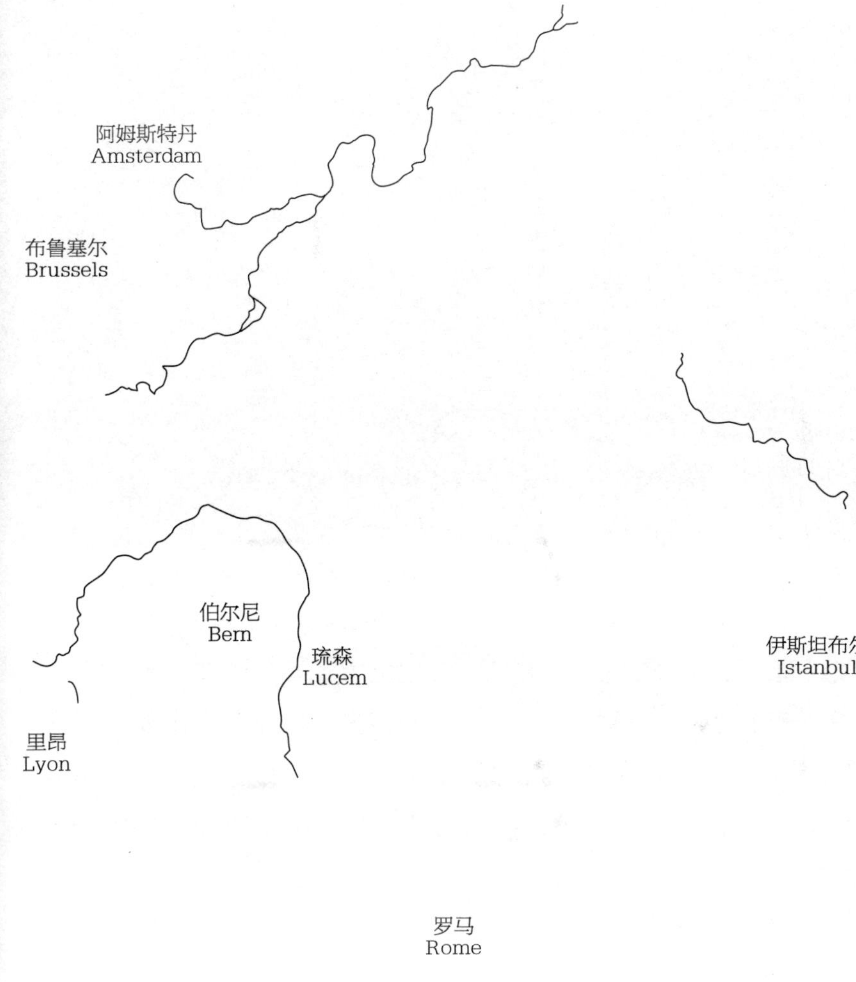

阿姆斯特丹
Amsterdam

布鲁塞尔
Brussels

伯尔尼
Bern

琉森
Lucem

伊斯坦布尔
Istanbul

里昂
Lyon

罗马
Rome

欧洲
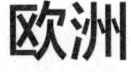
Europe

荷兰小镇

　　至今都不知道，我曾经在半年前住过的那个荷兰小镇，它到底叫什么名字。但它在我记忆深处。我在一个风和日丽的夏日傍晚到达那里，头顶着荷兰式的浪漫晴空，空气清新而欢快。郁金香已渺无踪影。在我居住的旅馆前面，盛开着一排葵花。可是，我想看到的是郁金香，而不是葵花。因此，那几天，我一直对葵花视而不见，直至离开。之后，每当我回想起那座小镇的时候，我就会想起旅馆前的那一排葵花。它们曾经在我面前，那样美丽灿烂地绽放过它们的生命，而我却如此冷漠地无视于它们的存在与美丽。

　　在我居住的城市杭州，有一个叫太子湾的公园，每年春天都有一次郁金香花展，我每次都赶了去。成片绽放的郁金香艳丽妖饶，美得令人心驰神往。几乎在我认识这种花的时候，我就知道它的出处。它来自遥远的荷兰。荷兰，这个以两种花的名字命名的国家,我最初对它的想象完全来自郁金香。郁金香是荷兰的国花。在我的想象中,荷兰是与郁金香一样浪漫而神秘的国度。

郁金香的颜色很丰富,有大红、玫红、粉红、洋红、紫色、白色、褐色、橙色等等,还有一些混合色。我从未见过黑色郁金香。我每次去参观郁金香花展,最想看到的是黑色郁金香。可是,我从未遂愿。但我知道,它存在着。只是我无缘邂逅到它。

我曾读过法国作家大仲马的一部小说《黑郁金香》,我记得大仲马曾在他的小说里如此赞美黑郁金香:"艳丽得叫人睁不开眼睛,完美得让人透不过气来。"据说,郁金香没有真正的黑,而是很深的紫。如黑夜般光滑妖魅。也有人称黑色郁金香为"黑寡妇"和"夜皇后",这两个别称,都与神秘莫测、美丽妖艳有关。

去荷兰看郁金香,看黑色郁金香,在很多年以前就成为我一个遥远的梦想,直至我抵达荷兰。然而,我却错过了花季。我晚到了两个月。我在曾经盛开过郁金香的土地上,看见了大风车。无数的大风车旋转不停,令我恍惚又恍惚。还是嗅到了来自土地上残存的花香。我在辽阔的草地上走过,在大风车下走过,想象着两个月前的花海,想象两个月前的芬芳空气如何熏醉着往来的人们。

在荷兰小镇的第二天下午,我和一位法国朋友 Paul 坐在一家小酒馆里,他喝他的黑啤,我喝我的柠檬水。酒馆的窗外正对着一个大风车。我们靠着窗坐。说话的时候,总是会侧过头去看一眼大风车,以及那片绿色的田野。我和他都是热爱大自然的人。应该所有的人亦是如此。不管餐厅和酒馆,最受欢迎的座位永远都是靠近窗口的。每个人都爱自然。这就是证明。

我们聊起郁金香。在荷兰的土地上,这是自然而然的事。我为到达荷兰却错过郁金花的花季而深为难过。他说,留些遗憾好,下次还会再来。

我问他是否见过黑郁金香，我还向他夸夸其谈地说起了黑郁金香还有"黑寡妇"和"夜皇后"的别称，听起来神秘又浪漫，令人想入非非。

他摇摇头，说没有见过。他说他见过另外一种郁金香，被荷兰人称为"中国女子"，是镶着一圈浅粉色花边的白色郁金香，看上去就好像是一位穿着旗袍的中国女子，温婉淡雅、亭亭玉立。我无比诧异，追着问他到底是哪一种郁金香？经过他的一再描述，我已经很清楚地知道，这种郁金香我在太子湾公园里一定是见过的，只是我从没把它想象成一位中国女子。在我们心里，"黑寡妇""夜皇后"这样的词汇听上去充满神秘色彩，既浓烈又妖魅。而对荷兰人来说，也许"中国女子"这貌似清淡的四个字，却更具神秘和莫测的气质。对他们来说，这个词汇来自遥远的东方。东方的遥远，本身就是神秘。

对美好事物的探知欲望，似乎是每一个人的本能。当我把柠檬水换成咖啡的时候，我已经几次提到郁金香为什么叫郁金香？要是那花不叫郁金香，任何的花名都仿佛难以与它搭调。

接下去，我从 Paul 那里半知半解地听来了关于郁金香的故事。那个故事，是它的前世今生。

栽培郁金香的国家并不是荷兰，而是土耳其。四百年前，一位荷兰的使臣在土耳其的苏丹宫廷里见到一种无比艳丽的花。他在惊喜之余，立即询问了身边的土耳其人，这种花的名字叫什么？土耳其人给他的答案是：tulip。事实上是这位使臣听错了，听成了英语的发音，tulip 就是郁金香的意思。

// 荷兰大风车

而事实上,土耳其人的这个发音,应该是 Taliban,是指土耳其女人的头巾。

——这显然是个误会。然而,就因为这次误会,这个美丽的花名就这样流传了下来。仔细看,郁金香的花形,和土耳其人的头巾确实有点像。

后来那位使臣向土耳其人索要了这种花,并送给了莱登植物园创始人克鲁斯。从此之后,郁金香进入了荷兰,并成为荷兰的国花。

四个世纪前,郁金香在荷兰是财富与品位的象征,它优雅高贵的气质,比钻石更具魅力。在1637年,郁金香身价暴涨,荷兰人开始炒作郁金香,靠郁金香来致富,其疯狂程度就如前几年中国人的炒房。不过,他们比中国人的炒房还要厉害百倍,完全到了丧失理智的程度。据说,一颗极为普通的郁金香球茎,可以和一幢位于阿姆斯特丹运河区块的豪宅相等值,简直难以相信。甚至还有人为了得到一颗郁金香球茎,不惜变卖几座厂房作为代价。然而,'这种疯狂变态的郁金香热,最终在政府的调解之下,迅速从价值连城跌落到一文不值。不过由郁金香所引发的这场经济浪潮,导致了所有欧洲人和全世界的好奇,人们都想看看这种不可思议的罕见的神秘花朵。于是,为了满足人们的好奇心,荷兰人开始精心培育郁金香花种。

　　这个故事，还真的是很感叹，忍不住要想，要是那位使臣在土耳其并没有发现这种花，或者发现了却并不带回来，那么，郁金香的命运就可能不会是这样。那位荷兰使臣在土耳其的土地上，也一定看到过其他许许多多品种的花，但他并没有把它们看进心里去。他像一个抽签的人，在千百种花草中，只抽到了郁金香，于是，郁金香的命运，连同它的花名，都起了天翻地覆的变化——从一种被土耳其人比作女人头巾的难以下咽的土耳其洋葱的植物，却在一夜之间摇身一变，拥有了一个绮丽的名字，并且在荷兰的国土上拥有了丰饶美丽、令人着迷的别样的身世。

　　几天之后，我离开了荷兰小镇。我为什么到达这座小镇，而不是另外的城镇？我并不能对自己作出解释。很多事物和行为都是不可解释的。或许可以这么说，只是恰好走到了那里，便在那里拥有了几日停留。这次到达荷兰，虽然我并没有看到郁金香，然而，却在这座荷兰小镇上听到了郁金香，我想也算不怎么遗憾了。

// 阿姆斯特丹的红灯区一条街

阿姆斯特丹的橱窗

抵达阿姆斯特丹的第一个晚上,我获得了对这座城市的第一印象。说不清楚的感觉,有些怪异,有些荒诞。同行的几个人,脚一落在这座城市的土地上,便嚷着要去看橱窗秀。传说中的橱窗秀就在阿姆斯特丹最繁华的运河红灯区。来之前听说这里有关于色情的橱窗表演,以为只是为了吸引游客的色情娱乐。到了才知道是个红灯区。一具具鲜活的半裸或全裸的身体,在透明的玻璃窗内扭动游走、搔首弄姿,不时用自己的色相引诱着从窗外走过的好奇的游客。她们把自己的身体展示在橱窗里,向来自世界各地的游客招揽生意。

令我惊讶的是,她们分明在卖自己,却表现得那么落落大方,令人叹为观止,又惊心动魄。这些神态放荡的女人,看上去个个长得丰乳肥臀,身材肥硕。她们只有裸露的肉体,没有灵魂,感觉不到一点美感。看多了,甚至有些乏味和反胃。我们穿过一条巷子,又穿过一条巷子,真可谓步步惊心。与我同行的几个男人,个个如受了刺激般,脸涨得通红,连呼吸都是急促的。走在我旁边的某男，来自中国的南方小镇，上了点年纪，自始至终都很激动和紧张，走路的脚步有点颤，说话老是颤抖。他对我一边打手势一边说，听起来有点语无伦次：这个有些恐怖，对不对？你看，这些人，这些女的人，个个都不好看，太吓人了，这一个个的，她们那个样子，真当是要吓死人的！看着想吐的，对不对？我笑笑，对他说，是有点恐怖的。

我看见一个长满胡子风尘仆仆的欧洲男人，在一个橱窗外招了招手，一位浓妆艳抹的女子立即将玻璃打开，原来那面落地的窗，也是门。男人一手搭在门上，一手拖着他的旅行包，开始和那妓女讨价还价。不知那个男人来自哪个国家，他们用很轻的声音在交谈，大都用手势的比画和摇头或点头来交流。后来，我看着那个男人毫无顾忌地洒脱地走了进去。像走进一位久别重逢、失而复得的老朋友的家里。透明的玻璃窗迅速拉上了一层玫红色的遮光布。

看见中国男人走过，橱窗里怪模怪样的声音又变成极不标准的汉语发音飘过来：来来，中国男人，有发票！中国男人，有发票！来来！那个画着深蓝色熊猫眼的女人居然从橱窗里走了出来，直接伸长了胳膊，似乎想把半推半就的中国男人圈进她的怀里去。我身边的几个男人拔脚就跑，一哄而散。那个女人裸着,什么都没有穿，右手上飘着条透明的纱巾，遮哪都挡不住。她举起纱巾往前方飘舞了几下，有一股很瞧不起人的神态写在脸上，她冲着撒腿逃走的中国男人耸了耸肩膀，扭着屁股走回橱窗去，继续把自己摆成货物。

这个傍晚，是我对阿姆斯特丹的初见。很奇怪，我并没有因此而对这座城市心存偏见。这个红灯区,应该是阿姆斯特丹的另类玩场。和浪漫无关,与风情无关,只是满足人的好奇和刺激。只要你想玩,你需要,那么大大方方地来这里。玩过了,闹过了,也就丢开了,重新回到平常的日子里去。

// 阿姆斯特丹的红灯区

去阿姆斯特丹吃一块提拉米酥

在另一个晚上,我住在另一座小镇,吃过晚饭后,天色已向晚,回旅馆睡觉又觉太早,我忽然想再回到阿姆斯特丹去。我觉得这座城市应该会有它另一种风情和我未知的日常。

可是,我并不知道离阿姆斯特丹的路有多远,需要坐什么交通工具才能到达。正当我一筹莫展的时候,Paul愿意带我去。他从法国过来,也是第一次到达荷兰,他也不知道去阿姆斯特丹的路怎么走。但他说,他是一个男人,男人就应该在女人需要的时候站出来做一名强大的保护者。我果然拥有一份被人保护着的安全与快乐感觉。我们从旅馆出发,一路向人打听,没有出租车,也没有巴士,公交车已经在下午五点半停止工作。

看样子去不了阿姆斯特丹了。心里有些沮丧。和Paul漫无目标地往前走着的时候,经过一棵野苹果树,树上长着好多青苹果。我认识苹果,从小一直吃到大,然而,我却从未见过苹果树。这是我第一次如此近地站在苹果树下，忽然有些感动。我真是好运气。我对自己说。Paul 看着树上的苹果自言自语：看起来还很青涩，一定会很酸的吧。但他已踮起脚摘下来两只。我接过他手中的苹果，心里又是一阵感动。我说：今晚去不了阿姆斯特丹，却让我遇到了苹果树，也很幸运。

Paul 诡异地笑着：跟着我，我就会把阿姆斯特丹变出来给你。

我尖叫起来，原来他背着我早已打听好去阿姆斯特丹的路了。大概十几分钟之后，我们走到了一个地铁站。地铁口冷冷清清的，没几个人。Paul 和我找到自动售票机，都不知道怎么买票卡，只得求助于路人。终于买了票卡，上了地铁，松出一口气。车厢里空荡荡的，零零落落地坐着三五个人，两个卷发的黑皮肤的女子就坐在我们对面，一直在低声交谈。地铁在轨道上滑行，窗外的田野迅速往后退去，若隐若现的灯光的碎片照亮了一些事物，但仍然朦朦胧胧，难以看清。天气晴和宁静，波澜不惊，一切事物在我眼前出现，又迅速远离。这些我还没来得及熟悉的事物，我却又在与它们分离。其实这是个很美的小镇，有绿油油的田野和周边的花草衬托着它。然而，更美丽的景色总是在别处。地铁带着我从一个陌生驶向另一个陌生，这种在路上的感觉，仿佛会"一直这样下去"。

终于，我又返回了阿姆斯特丹这座城市。这一次我重新把阿姆斯特丹用心逛了一遍。这是一座水城。城外是海，城内一条又一条的河流，像蛛网一样密布在这座城市里。路与路、街道与街道被河流隔开，又被无数的桥连接起来。无数的自行车在街道与桥上经过。不管哪一条街道，哪一条小巷，都是自行车，无穷无尽的自行车涌入我的视线。我以为中国的自行车是最多的，因为中国人多。然而，跟阿姆斯特丹比起来，中国的自行车根本不算什么。现在中国的城里人都有钱了，早就不骑自行车了，他们都开轿车，多到天天堵车，上下班时间不得不需要交警出面，进行指

挥与分流。

而阿姆斯特丹人骑自行车,绝不是因为穷。他们的日子相当好过,没有几个城市比它更像人间天堂。要是他们也要像中国人那样摆排场讲面子,估计大部分人都买得起豪车。要是人人都买车,估计那些十六、十七世纪就铺好的老路也容不下去。买辆车很容易,但你没有办法去让城市里的许许多多老路突然变宽。

城市里保留着很多古老的建筑,街道狭窄,一不小心就会出现单行车道。已经一圈一圈在向外扩展的老城区,你置身其中,就像在迷宫里绕,绕来绕去的巷子,和繁华的街面,会迅速让你觉得晕头转向。在如此密集又窄小的巷子里,要是开上轿车,是无法保证道路通畅的。

被无数河流缠绕的阿姆斯特丹,有点像威尼斯,也许以船代步,走水路是最方便的。但个人游艇不是谁都能玩得起的,于是,自行车就成了阿姆斯特丹人最重要最日常的交通工具。

Paul问我是否会骑自行车,他建议我们租自行车去逛。我欣然同意,并很骄傲地告诉他,我在十二三岁的时候就已经学会了骑自行车。然而,我却骑不了阿姆斯特丹的自行车,因为它们都太高大,我骑在上面,双脚够不着地,试了几次,只好放弃。

一路闲逛瞎转,玩到夜里快十一点。不能再玩下去了,明天还得赶路,要回去睡觉了。黑夜就是命令。只是,有点舍不得回去。我发现这座城市越夜越美丽。旧皇宫前的广场上,夜游者越来越多。此刻的天空,是诡异的无边无际的深蓝。月亮悬在灯影之上。背着吉他的流浪歌手如约而至,他站在月亮下面,边弹边唱。广场上坐满了听歌的人。歌声如烈酒,唱的人陶醉了,听的人也陶醉了。那无比投入的情景,像在听一场个人演唱会。每一首歌结束,就会响起一片热烈的掌声。这些掌声,是纯粹的不被要求的赞美和欣赏。

我和 Paul 席地而坐,静静听歌手独唱。自始至终,我没听清楚一句歌词,但在夜空里响起的旋律和歌手的流浪气质让我感动。但 paul 能听懂,而且有些歌是他熟悉的,偶尔他会跟着吉他的旋律轻轻哼出几句。当他仰起脖子微眯眼睛轻哼歌曲的时候,我觉得他的身上也有流浪人的气质。记起他说过的一句话:"我经常一觉醒来,不知道自己在哪个国家哪个城市,总是要使劲去想一下。"

广场上人来人往,地却干净清爽,像被人清扫过一般。这是座干净的城市,有良好的秩序和整洁的环境。月光照耀下的皇宫广场,散发着迷人而优雅的光芒。

夜深了,歌声还在继续。我和 Paul 走进一家咖啡馆,决定喝杯咖啡吃点宵夜再回去。我要了一份提拉米酥。端上来的时候,居然是很大的一块,盛在白色盆子里,巧克力酱的分量也多到令人惊讶。我尝了一口,有很浓的朗姆酒味,入口即化。在我的记忆里,这是我吃过的最好吃最豪华的一块提拉米酥。

伊斯坦布尔的忧伤

抵达伊斯坦布尔,已是黄昏。混在一群人当中,拖着行李走出机场,像突然踏进一小段暧昧不清的时光里,令人生出一种被光阴分离着的异样的忧伤情绪。

土耳其时间与中国相差六小时,我身处的黄昏,即是中国的深夜。如果按中国时间来算,我是在深夜零点潜入伊斯坦布尔的。午夜零点,依然是个临界点。在这个临界点上,我的思维总是十分活跃,我总舍不得睡去,让我的深夜伴随我醒在灯光之下。我长期以来颠倒黑白的生活方式,被亲朋好友认为是"不正常"。可我发觉,当我抵达伊斯坦布尔的那一天,我的"不正常"已然归于正常,或接近于正常。

伊斯坦布尔是土耳其最大的城市,位于这个国家的最西北端,54% 在欧洲,46% 在亚洲,以美丽的博斯普鲁斯海峡作为分隔,横跨海峡上空的欧亚大桥,连结着两大洲,亦

连结着这个巨大城堡的东部与西部。

我们也许会分不清,土耳其人到底属于欧洲,还是属于亚洲?或许,居住在伊斯坦布尔的土耳其人,才会觉得自己是真正的欧洲人。对于整个土耳其国家来说,仅3%的国土属于欧洲,97%属于亚洲。然而,土耳其人多年来都在为有朝一日能够加入欧盟成员国家而不懈努力着。加入欧盟是土耳其人共同的梦想。不过,这个梦想迟迟未能实现。

伊斯坦布尔的天很蓝,地很干净,花草树木满街都是。街上的流浪狗,追着太阳睡觉,并不受人来人往的干扰。妇人坐在长椅子上晒太阳,偶尔站起身来喂喂满天飞舞的鸽子。男人们温文尔雅地聚在一起,用耳语轻声闲聊……阳光下的城堡,处处弥漫着一种独特而慵懒的气息和迷人的情调,以及一种模糊而美丽的忧伤。那样的忧伤,无所不在,如同飘游于空中的云雾。

土耳其人,一般都是半年工作,半年休息。星期天,连商店也不开门,所有的人都懒在家里,或者去度假。没有人开店,也没有人去店里买东西。在伊斯坦布尔的金三角洲,天天有无数的垂钓者,他们一边享受垂钓的快乐,一边贵族那样享受着阳光,大把大把地挥霍着美好的光阴。

那个星期天下午,我从三角洲经过,走累了,坐在湖边看他们垂钓,和他们一样微眯起眼睛,享受一小段被太阳温暖包裹着的懒洋洋的时光。有个土耳其妇人走过来,她头上裹着花布头巾,手里转着一支红色玫瑰。这支玫瑰,可能是她刚从路边的小贩手里买来,也有可能是哪个男人送她的,当然,也有可能是她从自家的花园里刚刚摘下。我被她吸引。她长得并不好看。圆盘脸,身体略微显胖,走路时两条腿也不怎么挺拔。然而,她身上有股令我向往和着迷的慵懒和漫不经心。是的,她那样漫不经心,让自己的身心完全处于一种松懈自由的状态。擦身而过时,一定是我的注视,引起了她的回眸。她礼貌地朝我笑,问我,嗨,你是韩国人？我笑着说，不是，我是中国人。她祝我玩得开心，顺手将那支玫瑰递过来。接过玫瑰时，我脸一阵热，大概是被这份突然而至的温情给感动了。

我继续在湖边坐下，继续看土耳其人的垂钓，阳光变得轻薄柔和，可以直视水面的波光粼粼，而不用再微眯起双眼。我叹息一声，嗅了嗅手中的玫瑰。我风尘仆仆地来到这里，感受着这座城市的慵懒和散淡，美丽与忧伤。我知道，我亦不过一个偶尔到此的路人，只停滞在一份感受面前，绝非抵达。

// 土耳其皇宫里的玫瑰

一座城市与它的作家们

每到一个城市,首先闯入视线的是这座城市的建筑。伊斯坦布尔的建筑有着极为悠久的历史,漫步其中,处处可见帝国遗迹的古老都城,从那些遗迹里,你可以追溯到往昔的辉煌和繁华。在城市里出现的现代风格的建筑与街道,与遗留下来的建筑遗址之间似乎有着某种精神的契合。从城市的外观上看,它已然把东方与西方,过去与现在,非常和谐地融合在一起,并没有冲突和彼此分离的感觉。

那天去参观了帝国时代遗留下来的皇宫,其奢华程度令人瞠目结舌。巨大的皇宫里,几乎每一个角落和细节都令人惊叹。用来装饰用的黄金,就花去了六吨。皇宫里禁止拍照。进去参观的游客后面,都会紧跟着一两个管理人员,只要你一转身,便会发现管理员正虎视眈眈地盯着你,搞得你很紧张,连赞叹也不敢发出声响,就好像你贸贸然闯进了别人家的豪宅,被管家紧紧尾随着那样。这里的每一件物品,都价值连城,他们有权利看管住自己家的财物。

这些奢华都只是奥斯曼帝国时代的遗物,而非现代人所创造。他们的现实是衰落的,因为衰落而日益颓废、日益失落。现代的土耳其人,就像一个渐渐没落的贵族,又矜持,又有些心存不甘。他们一边鼓励自己发奋图强,一边又渐渐地失去了抱负。这些情绪,反映在伊斯坦布尔的诗歌、小说和音乐当中,也反映在伊斯坦布尔人的日常生活里。

伊斯坦布尔人的集体忧伤和来自内心深处的失落感,被一个作家用他的文字表达出来,他叫奥尔罕·帕慕克(Orhan Pamuk),1952年出生于伊斯坦布尔一个富裕的家族,在伊斯坦布尔科技大学主修建筑。可是,他读完建筑,却并未从事建筑业,而是转向文学,同时喜欢绘画,曾梦想过当一名画家。他在1982年结婚,和妻子艾临生下一女,叫吕雅,土耳其语里是"梦"的意思。这段婚姻维持了十九年。于2001年他与妻子离婚。在2006年10月12日,瑞典皇家学院以"在寻找故乡的忧郁灵魂时,发现了文化冲突和融合中的新的象征"为由,授予他的长篇小说《我的名字叫红》以诺贝尔文学奖,成为土耳其唯一一个获得诺贝尔奖的作家,被认为是当代欧洲最核心的三位文学家之一。

《我的名字叫红》,开篇就是:"如今我已是一个死人,成了一具躺在井底的死尸。尽管我已经死了很久,心脏也早已停止了跳动,但除了那个卑鄙的凶手之外没人知道我发生了什么事。"小说就此拉开诡异的序幕,我们不得不聆听着一具尸体的独白,去追究其死亡的原因。在这部小说里,帕慕克用一个16世纪伊斯坦布尔画家的谋杀事件,拼贴出了奥斯曼帝国关于艺术、宗教以及日常生活的一部整体的历史,充满哲理的思考。

帕慕克很多书的扉页上都题着一行字："献给我的女儿如梦"。他是否希望自己的女儿也能够看到他所看到的？所罗门有一句话："你要看，而且要看见。"这位犹太先知的话，我想帕慕克一定知道。帕慕克是一个能够看见的人。他的眼睛长在他的心里。

在他后来写的《伊斯坦布尔——一座城市的记忆》的书里，他以阿麦·拉西姆的话作为题词："美景之美，在其忧伤"。伊斯坦布尔这座城市，在我们看来，是一座过去和现代相结合的和谐又美丽的城市，而在帕慕克眼里，它却是"呼愁"，是忧伤的象征。在《伊斯坦布尔》这本自传体的随笔里，不难读出，帕慕克的内心充斥着怀旧的心绪，这是一种近乎自虐的痛苦和无尽的忧伤。这座城市，就像东方和西方、过去和现在的一个时空交错的十字路口，站在十字路口中间的帕慕克，他"看见"了它的忧伤，开始进行了一场文字的战争。尽管他清醒地认识到，这只不过是他一个人的战争。注定不会赢。因为他的对手是隐形的，是不可战胜的。在伊斯坦布尔，他明白自己是一个孤军奋战的人。

根植于帕慕克内心深处的忧伤，通过他的《伊斯坦布尔》这本自传体随笔，大概可以追溯到他的小时候。在他十岁的时候，他就对伊斯坦布尔的四位孤独忧伤的作家产生了浓厚的兴趣，这四位作家分别是：胖子大诗人雅哈亚、历史学家科丘、《博斯普鲁斯记事录》的作者希萨尔，还有一位小说家坦皮纳。

帕慕克与他们生活在同一座城市，却从未遇见过他们。但这并不妨碍他想象与这四位孤独忧伤的作家之间的每一次相遇，和每一次来自精神和内心的共鸣与对话。帕慕克在书中写道："这些作家在青年时代对法国文学和西方文化的——有时几乎是孩子似的大力推崇，为他们作品本身的现代——西方手法赋予了活力。他们想写得跟法国人媲美，这点

毋庸置疑。但他们的内心一角也明白,若写得能跟西方人完全相同,就不会跟他们仰慕的西方作家一样独树一帜。因为他们从法国文化和法国现代文学观中学到,伟大的作品必须自成一格、原汁原味、忠实无欺。这些作家为这两条训谕——顺应西方的同时,又保持原汁原味——之间的矛盾甚感苦恼,可在他们的早期作品中听见此种不安的心声。"

"他们在青年时代目睹奥斯曼帝国的崩溃,之后土耳其似乎注定要成为西方殖民地,而后是共和国和民族主义时代的到来。从法国学得的美学让他们了解到,他们在土耳其永远达不到跟马拉美或普鲁斯特同样有力而地道的叙述方式。但在慎重思索后,他们找到一个重要而地道的主题:他们出生时的大帝国步入衰亡。他们确实相信只有去看城市的过去,并以文字描述撩起的忧伤,方可找到自己真正的声音。他们回顾伊斯坦布尔的旧日光辉,眼光落在瘫倒在路旁的死去之美,他们写周遭的废墟,赋予过去某种灿烂的诗意。"

——这四位忧伤的作家,他们将这种错觉描述为一种游戏,将痛苦和死亡跟美结合在一起:昔日之美已然逝去。他们的这种忧心忡忡,却遭到当时批评者的攻击,认为他们应当去构筑朝西方看齐的乌托邦才是。为此,他们被烙上"反动派"的称号。

帕慕克在书中还写道:这四位作家都终生未娶,独自生活,独自死去。除雅哈亚以外,他们死时都未能实现梦想。他们不仅只留下未完成的书,生前出版的书也未曾对他们的读者产生影响。至于伊斯坦布尔最伟大、最有影响力的诗人雅哈亚,终其一生拒绝出版任何书。

这四位作家的举止和行为,或许出自本能,他们为自己打开了一个空间,给予他们梦寐以求的自我保护。可以这么说,他们的行为和举止,也为帕慕克的写作开启了一个另类的空间。

// 伊斯坦布尔·清真寺

Tequila 的夜晚

帕慕克的公寓，坐落在博斯普鲁斯海峡边上，站在公寓楼的阳台上，可以俯瞰横跨普鲁斯海峡的欧亚大桥。那里的公寓依山而建，可以说是伊斯坦布尔最昂贵的地段。每座公寓，均价在三四千万美元以上。

2008 年 5 月，帕慕克应邀来中国，曾到达北京、上海、杭州和绍兴。2009 年秋天，我到达伊斯坦布尔，坐着游轮经过他的公寓，并想象他在公寓里抽烟，呷一杯土耳其茶，坐在窗前写作，或者望着蔚蓝的海面发呆。而他，永远都不会知道，有一个慕名而来的中国女子曾经到达此地，出神地想象一个叫帕慕克的伟大作家，此刻正在干些什么。

我的包里藏着一本《雪》，这应该是帕慕克的第七本小说。小说描写了一个分裂却又满怀希望的土耳其人卡的深度旅行。流放的主人公卡，缺失的身份，迷离的情节，阴冷的

// 土耳其皇家侍卫

城市,迷失未卜的夜晚……仿佛一场相遇,在伊斯坦堡的城墙遗址前,在浓雾中的船笛声里,在傍晚空无一人的百年老别墅前,在青苔生长烟灰飞扬的小弄堂里,我走走停停、四处游荡,停下来的时候,就翻看这本小说。卡的灵魂在旅行,帕慕克式的"呼愁"和迷失无处不在,它那样紧密地绕缠着我,以至于一路上都有忧伤的色彩在闪耀。

据说,帕慕克经常穿一件圆领衫和夹克,沿着博斯普鲁斯海峡散步或游荡在伊斯坦布尔街头。

有一个晚上,我坐在伊斯坦布尔街边的一个小酒吧里,身边是巨大的落地玻璃窗,我看着窗玻璃外的土耳其人在路灯下走来走去。

我有些走神,盯着窗玻璃外的行人,忽然有个念头跳了出来:假如走过来的那个男人是帕慕克,他又走进这家酒吧,我会怎样?

这种假设有点"卡夫卡"。有点异想天开。但我确实这么想过。虽然只是一闪而过。

在那个晚上,我还想,假如我失踪了,或者变成了一只土耳其鸽子,我怎么办?我是不是也会变成一只灵魂在土耳其的土地上去作一次深度旅行或者探访?

我很想把我的念头变成语言,告诉坐在我对面的那个男孩,他叫 Harry,刚从英国回来。我们在旅途中认识。但这些念头又在我舌头底部绕了回去。我没有说。因为我知道,说出来也不会得到答案。就如那次帕慕克来杭州西湖,忽然问陪同的人西湖边的树怎么会这么绿一样,也没人会一本正经地告诉他答案。

在这个并不热闹的酒吧里,我一直听着土耳其音乐。忽然,音乐被置换,一种熟悉的旋律响起来,是小野丽莎的《你在咖啡里加了什么》。这首歌催生着我的忧伤。这是我在杭州的家里经常听的音乐。

Harry 推荐我喝 Tequila,他说,这是他在英国的四年里去酒吧时必点的一种酒,是他的最爱。我同意品尝一下。酒端上来之后,吓我一跳。白色的酒液盛在小玻璃杯里,杯沿抹了一层厚厚的盐末,盘子上放着两片柠檬。Harry 开始示范。他说,必须分两口喝完它,连同盐一起喝下去,然后把柠檬放进嘴里嚼。

我要看他的表情,然后再喝。可半天,他无动于衷。他问我需要什么样的表情?接着他便咂着嘴装出很享受的样子来。我被他逗笑,将酒分成两大口喝完。咸味和酒精,被塞进嘴里的柠檬分解。身体迅速热起来。是迅速!

我似乎明白了,Harry 为什么把这种酒视为最爱。人在很多时刻,尤其在孤单的夜晚,很难去拒绝这样的一份热烈。

酒精的热烈冲淡了我的忧伤。忧伤是每一个旅人都会经历的情绪。然而,我却想在那个夜晚拒绝这种情绪的漫延。

这是一个半露天的酒吧,隔着玻璃,一抬头,便可看见清真寺的尖顶高耸入云。有风。夜越来越凉。Harry让侍应生找来一块大披肩。我还记得,那是一块土黄色带流苏的大披肩,质地柔软,做工精细,披着它很有土耳其风情。我喜欢披肩,喜欢一切与柔软有关的物件。

就是这块披肩,仿佛要引领我走向一场迷失。第二天,我决定去集市淘我喜欢的披肩。土耳其人称集市为大巴扎。去的那家大巴扎,据说是全世界最大的。我一头扎进花花世界里,再也辨不清东南西北。

我终于迷失了。不管从哪条街道出去,都只通往陌生与无限。没有我熟悉的建筑,更没有我熟悉的人。我已记不起来,我到底是从哪个路口进入的。我已彻底没有方向。我不知道自己从哪儿来,也不知道该往哪里去。我横抱着几块从土耳其人手里淘来的漂亮披肩,穿行在川流不息的人群中,四顾茫然,沮丧得直想哭,仿佛正独自走在一条穷途末路的困境之中。

毫无疑问,我已从迷途中走出来。此刻的我,正安然端坐在家中的书房,敲打这些充满回忆的文字。我想说,每个人的生命中都会有迷失的时刻。有些抵达,即是一种迷失;而有些迷失,却是一种抵达。

暮光之城

　　从古罗马到佛罗伦萨,沿着阿尔卑斯山脉一路往东,一直走到传说中的梦幻小镇琉森。这座深藏于欧洲大地的小镇,它令我沉迷,并深陷其中,像一不小心摔进爱河里的冒失鬼那样,惶惶然却无以表达。

　　琉森小镇坐落在瑞士中部的高原地区。琉森（Lucem）,在拉丁文里,意为"光",即暮光之城。传说中的琉森小镇在很久以前,只不过是一座不知名的小渔村。据说,第一批在此居住的人,受到天使用一束光的指引,引导他们建造小教堂的位置,从而得名。

　　在小镇漫步,总感觉自己在诗画里行走那样,有一种难以置信的恍惚。这里没有成群结队的游客,也没有步履匆忙赶着时间去上班的打工族。古老的罗伊斯河流,从古镇中悠然穿过。

// 欧洲最古老的卡佩尔廊桥

河的右岸是老城区,河的左岸是新城区,两个城区之间有七座桥相连,每一座桥皆具特色。最大最美的那座木桥,就是最著名的卡佩尔廊桥,建于1333年,长达245米,是欧洲最古老的廊桥。桥上开满鲜花,桥下的河流清澈、深邃,无数天鹅浮于水中,悠闲自在地嬉戏在水里。河边是各式露天的小酒吧和咖啡馆。干净的天空下,一个个干净的欧洲人坐在那里轻声低语、欣赏美景。

去欧洲之前,在杭州的新华书店里买到一本记事本,封面就是琉森小镇,取景之地就在罗伊斯河流上开满鲜花的卡佩尔古桥。当时不敢相信,还以为图片是经过PS处理过的。没想到,置身于此,比画更美。

这是一个能够催发人灵感的所在。到过琉森小镇的托尔斯泰写出了《琉森游记》;贝多芬创作了C小调第十四号钢琴奏鸣曲《月光曲》;德国的作曲家理查德1859年在琉森完成了他的歌剧《特里斯坦与伊索尔德》;而法国的戏剧家和小说家大仲马,称琉森小镇是"世界上最美的

蚌壳中的明珠";法国作家雨果曾作诗:"琉森幽雅、静谧,碧水轻轻地拍着河岸,柔软的水在我的脚下流淌"。

　　此刻的我置身琉森,从卡佩尔古桥上走过,空气中满是花香,桥下洁白的长脖子天鹅划着水游过来。我有些醺醺然,那是沉醉的感觉。我不得不承认,我遭遇了天使之美。

　　它让我想起一个人:奥黛丽·赫本。这个天使般的女人,第一次在银幕上见到她是缘于《蒂凡尼的早晨》这场电影。当时她给我的感觉是,难以置信,怎么会有这么美的女人?她是天使本身。高贵、优雅、纯洁、妩媚。在我眼里,琉森这座小镇的气质,就仿如赫本的气质。也许,赫本也是自知的,她选了琉森作为自己那场婚礼的见证之地。难以想象,当她身着婚纱,从鲜花盛开的卡佩尔古桥走过的时刻,天地人之间会是怎样的一幅完美景像。可惜,我无福观摩,只能想象。

有水的地方是有灵性的。这里的一切太完美。很想留下来,再也不要离开。可是,我也只是在湖边的露天咖啡坐下来,身后是卡佩尔廊桥。点一杯咖啡,欣赏眼前的美景,看夕阳下山。收到一条来自中国的短信:你那边今天下小雨,天凉,记得穿外套。过没多久,天阴下去,一场小雨如约而至。大地凉下去,心一直暖。

// 琉森小镇,一场雨刚刚走过

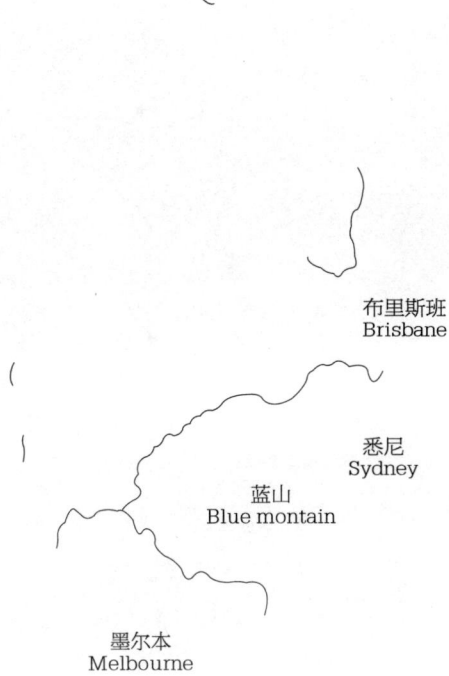

凯恩斯
Cairns

布里斯班
Brisbane

悉尼
Sydney

蓝山
Blue montain

墨尔本
Melbourne

澳洲
Australia

悉尼与玩场

悉尼是澳大利亚的发祥地，是大洋洲最大的城市，美丽的海滩和森林围绕着悉尼，使得悉尼的空气异常清新，让置身这里的人也时刻保持着清醒的头脑和心灵。悉尼的港口拥有着多姿多彩的囚犯流放史。而这个城市的前世今生，都由这里开始，并绵延至今。在这座城市里行走，有点让人可以去醒着做梦的感觉，因为它的自由和浪漫，而且好玩。

到处都是好玩的地方，到处都是闲散的人。大街上走路的人脚步慢悠悠，开车也慢悠悠，从来不抢道，不急着赶路的样子。仿佛他们活着，就只为尽情地享受生活。在大街小巷里随处可见各种风格的酒吧、画廊、唱片店、书店、剧院、电影院、古玩店、鲜花店、甜品店、露天咖啡馆……以及巨大的房车随处可见，经过码头，可以看到密密麻麻的个人游艇。无穷无尽的玩场，无穷无尽的玩法，都在告诉我们一件事：

生活。

　　而我们的生活呢？要说玩场，我居住的城市也有的，酒吧、咖啡馆、歌剧院、电影院，各种古玩店、鲜花店，只要别人有的，我们都有，别人没有的，我们也有。可是，那些酒吧、咖啡馆、歌剧院等地方，只是有钱人去的玩场，平常老百姓是难得进去一回的。老百姓天天可以去玩的地方，应该是日常的，如庙会、集市、公园等地方。然而，在中国的城市里，现在土地金贵了，大都用来造商品房。商品房是没法拿来玩的，是用来增值的。为了在城里能够拥有一套属于自己的房子，人人都在勒紧着裤腰带，人人都在追名逐利中生活。偶尔放个假，想去市中心玩玩，打车都打不到，自己开车去的，停车位都找不到。所有的玩场和商场里都是人，到处排队，到处等位子，一天挤下来，回到家已累得半死。那压根不叫玩，是受苦。说到底，现在的城市已经让我们觉得很不好玩。所以，一有时间便要别处跑。

　　其实在古中国的城市里，应该也是很好玩的。就如宋朝、明清的某些时代，生活，好玩，似乎成了社会的大方向。乾隆皇帝就爱玩，他不仅在京城里玩，还几次微服出巡，玩遍大江南。曹雪芹在《红楼梦》里也有描写古代城市好玩的日常生活。玩是日常。吃喝玩乐，人活着，哪一样都离不开。吃饱了，喝足了，玩开心了，人就快乐了。快快乐乐无忧无虑的生活，谁不追求、谁不向往？佛经里也是这么劝人的，要笑口常开，知足常乐。那么吃喝玩乐，本没有什么不对，人生本就在于追求好玩。

　　然而，到了"文革"时代，玩是被禁止的。玩物丧志，吃喝玩乐在那个年代变成了负面的贬义的意思。在那个时代，革命才是正经事，才是最最重大的事。全国上下，人人都在忙着革命和被革命。那是个惶惶不可终日的时代。谁敢玩？谁还会想着玩？玩应该是安居乐业之后的精

// 悉尼港

神升华。

　　在悉尼,最大最高档次最具精神气质的玩场,当数悉尼歌剧院了,它是世界著名的表演艺术中心,是悉尼标志性的建筑,坐落在悉尼港的便利朗角,和港湾大桥相映相依。在我眼里,它不只是一座建筑,而是一个奇迹。远看它像一艘起航的帆船,也像洁白的贝壳。站在悉尼港湾的船上,久久望着它,会因内心深处的震撼而感动。由于它坐落在海面上,外观看上去像帆船,又像排列有序的贝壳,以为它的灵感来自于大海,和船或贝壳有关。然而,令人难以置信的是,它的灵感却来自于一堆剥下来的橘子皮。

　　三十八岁的丹麦设计师 Jorn Utzon,在 1955 年秋天的某个午后,和他太太坐在悉尼港的一家小咖啡馆前喝咖啡。他正在为歌剧院的设计方案一筹莫展。他的太太坐在他对面,一边陪他喝咖啡,一边用刀一片一片地将橘子切开。他又看着他太太把吃空的橘子皮一块一块地叠起来。他的眼睛一直盯着那堆橘子皮。

　　忽然,灵感来了。回去后,他一口气画下了设计草图,形状和剥下的橘子皮一模一样。当他将设计草图递交给澳大利亚政府，并向澳政府提出至少需要五年的时间让他来设计的请求，澳政府欣然接受了他的请求。

从 1955 年开始设计，直至 1973 年，这座大剧院才正式落成。在设计与施工的长达十八年的过程中，并非一帆风顺。据说曾因诸多事件的发生，而屡遭停工。然而，奇迹般的建筑终究还是诞生了。同时，它也令人相信，任何奇迹般的创造，不仅需要智慧，更需要时间。

尊重生命，尊重时间，尊重建筑，尊重每一个创造。澳大利亚人做到了。还是拿建筑来说，在澳大利亚这么大的一片土地上，居然没有两座房子是一模一样的。就如世界上的每一个人，都不会长得一模一样。建筑如人，也应该有其不同的外部造型和独特的内部个性。千篇一律被拿来复制和模仿的建筑，只能让人心生压抑，毫无个性和生命可言。澳大利亚人相信，任何的建筑都是有生命有灵魂的。只有这样，我们才能做到与建筑共存，才能在这片土地上诗意地栖居。

悉尼歌剧院旁边的中国艺人

某个下午,在悉尼歌剧院边上散步,忽然传来悠扬的二胡声,是《梁祝》的旋律!在地球的另一边,突然听到如此熟悉的旋律,很震惊。揣着满肚子的疑惑,急匆匆循声而去,不知道是谁在这片遥远的土地上,拉起属于中国式的凄美婉转的《梁祝》的旋律。

是一位中国老人,他坐在人来人往的剧院边上摆摊卖唱。很多人走过,但并没为他停下来。他的对面坐着一位美国女孩,背着旅行包,微眯起双睛,听得很陶醉。我也加入进去,坐她边上一起听。一曲终了。我们使劲鼓掌。那女孩和我打了个招呼走了,她得赶去下一站。现在只剩我一个人听。那中国老人朝我点点头,微笑一下,我们什么也没有说,他继续拉琴,我继续听。一曲凄美哀怨的《化蝶》之后,是一段《渔舟唱晚》。

那个下午，阳光很好。路边悬铃木上阔大的树叶，无风自落，一片一片地飞着舞着掉于地上。强烈的阳光刺着我的眼睛，我不得不微眯起双眼，很陶醉地听。听着听着，心酸起来。他拉得真好。可是他老了。

告别时，我有瞬间的犹豫，不知道该不该和别的路人一样给他一点小费。我还是给了。觉得他既然已经摆起摊来，就已经当成是谋生的职业了。我瞥见他收钱的盒子里，只是扔了一点点不多的碎钱，而一天就要结束了。我的心又酸了一下。然而，他的笑容倒是很阳光的。我们始终没有对话。但我感觉得出来，对我的离去，他有点小小的失望。毕竟，我是听得懂他拉的琴的。他也一定知道我懂。

即将离开之前，我在他的摊位忽然看见一张画报，是李玉刚《贵妃醉酒》的扮相，看上去风华绝代，美艳至极。这张画报是不是李玉刚登上悉尼歌剧院的舞台后留下来的呢？我没敢问。不知道为什么，我在心里拼命催促自己快步走开。说不出来的滋味。我在心里叹息又叹息，五味杂陈。当我回过头去的时候，看见他抱着二胡，低着头，蜷缩起身子，像是在试音。二胡的声音非常短促地，响一下，断一下，又响一下，听上去支离破碎。我一直没有听到他拉出完整的曲子。也许是再没有人坐下来认真听他拉琴了。

他为什么珍藏着李玉刚的画报，而且还带着它一起在街头卖唱？这个问题一直追着我。而我却无法再得到答案，我已离开他，离开悉尼。此刻的我，已经坐在地球的这一边，坐在自家的书房里，怀想那个遥远的下午，怀想这场不期而遇，心里的疑问又开始疯长。

在敲打这篇文字的时候，我忽然无比坚定地以为，那老人在年轻的时候，一定有过很大的梦想。只是，他一直没有实现他的梦。也许他就是为了他的梦想，才漂洋过海到达澳洲悉尼，走了许多路，过了很多年之后，却发现已经回不去原来的地方了。他是不是也曾经向往过，有朝一日能够登上悉尼歌剧院这个世界的大舞台？我想，这是肯定的。

悉歌剧院是世界艺术中心的殿堂，能够有一天登上悉尼歌剧院的舞台，是每一个艺人的梦想。目前为止，中国已经有两位艺人拥有过这份殊荣。一位是宋祖英，她在2002年登上这个舞台，举办了自己的个人演唱会。另一位就是年轻的小伙李玉刚。在2009年秋天，正是新中国六十周年庆，李玉刚带着他的才艺登上了这个世界舞台，成功地举办了他的个人演唱会《盛世霓裳》。

李玉刚今日的成功，是否就是那位老人昨日的梦想？

虽然，老人的梦想并没有实现。但我想，他的今天也应该是快乐的吧。他毕竟还在拉着，唱着，只是以另外一种方式。只要他还会拉出美妙的琴声，还会唱出喜欢的歌曲，那么，他还是喜欢的。他的梦想也会喜欢的。

蓝山

蓝山位于澳大利亚新南威尔士州，悉尼往西104公里。大巴车将我们送到蓝山脚下。导游催促我们下车，并提议：赶紧下车，去喝杯蓝山咖啡。差点被迷糊住，蓝山咖啡的产地明明在牙买加，怎么跑澳大利亚来了？随即醒悟过来，导游在拿我们开玩笑。不过，这里也确实有上好的咖啡。景区内的建筑大多建于19世纪，有好多英式的咖啡馆与茶室，看上去精致风情。随便走进一家，找个靠窗的位子坐下来。从万水千山之外来到这座名为蓝山的山上，喝一杯同样从万水千山之外运过来的蓝山咖啡，感觉很虚幻、很缥缈。

与中国的名山大川比起来，我眼前的这座蓝山，确实不算什么，但它很神奇。神奇的倒不是山，而是山里的桉树。阳光好的时候，桉树脂会散发出一种异样的蓝光，整座山上蓝雾弥漫，缥缈若仙境。

但就在这么美丽的山林里，据说在1799年建立起一座监狱，主要监禁来自爱尔兰和苏格兰的政治犯。当时关禁在这里服刑的很多犯人，都认为只要越过蓝山山脉，就会抵达中国，传说中的中国十分富饶。然而，蓝山几乎无法翻越。所有从这里试图逃走的犯人，都无法越过蓝山而逃向他们想象中的富饶的中国。

当欧洲人抵达澳大利亚时，蓝山已经被当地的土著贡东古拉人占据了几千年。按照土著的说法，蓝山起源于梦境生物梅里根与加伦加斯的传奇战役，加伦加斯据说是一种半水生半爬行的生物，詹姆士峡谷就是被他们的战斗打裂开来的。

传说归传说，至今在蓝山的很多地方，仍然可以看到土著人的祖先留下来的痕迹。我们在蓝山景区内，也可以看到一些土著人在那里摆摊供人拍照收费。当然，这些摆摊的土著，都是如今的当地人扮起来的，他们在自己的脸上和身上用画笔画下各种图腾，短裤剪成不规则的裙边，只是为了赚取游客的钱。

走进蓝山，发现蓝山的三姐妹峰，和中国武夷山的玉女峰有着惊人的相似。两座山峰的传说也是如此雷同。蓝山三姐妹峰，传说有三个美丽的姐妹在蓝山生活，山中的魔王听说了她们的美丽容貌之后，想占为己有，便千方百计地前去纠缠，惊慌失措的姐妹们，只得求救于山中的魔法婆婆。魔法婆婆把三姐妹施了法，变成了石头，想以此来躲过魔王的劫难。谁知这个秘密被魔王得知，一气之下杀死了魔法婆婆。魔法婆婆死了，再也没有人施法将三姐妹从石头变回人。从此之后，三姐妹就这样永远站在了蓝山的山脉上，让所有经过的人们扼腕痛惜、感慨万千。

而武夷山玉女峰，相传在很久以前，有一个美丽善良的玉女，她是天上的仙女，也是玉皇大帝最最宠爱的女儿。有一天，她私自下凡，来到武夷山，与武夷山的大王一见钟情，两人相亲相爱。这事不久便被天上的玉帝知道了，派铁板怪去捉拿玉女回天，玉女宁死不从，死也不肯离开大王。玉帝愤怒之下，把他俩点化为石，并且让他俩永生永世不得见面，还把铁板怪点化在他们中间。王母娘娘心疼自己的女儿，就把一面镜子丢入水中，让他们可以凭借水中的镜子看到彼此的身影。

两个传说，都是活生生美丽的姑娘化作石头不得归来的结局，令人唏嘘。所不同的是，武夷山上的玉女诉说的是对爱情的忠贞不屈，宁愿化作石头以示抵抗。而蓝山上的三姐妹，却是为了逃避被爱，宁愿化作三座山峰，仍然向往着永恒的自由。

南半球和北半球，蓝山和武夷山，三姐妹峰和玉女峰，两个传说的相互对应，当然纯属是巧合。但这也不能不说是大自然的神奇之处。

太阳落下山去，蓝山上的蓝雾悄然淡去。天光暗下来，风凉了，我们准备回悉尼的酒店。随着天光渐暗，蓝山上的游客少了。景区里的咖啡馆和茶室，早早便关了门。其他的一些卖雕塑、油画和手工艺品的商店也都关了门。这个区域突然变得安宁、高雅，与悉尼街头正徐徐铺开的红尘声色，犹如两个不同世纪的世界。

// 可爱的考拉

考拉和袋鼠

到了澳洲,考拉和袋鼠是必须要见的。记得某人在我飞澳洲之前对我说:要是你能帮我带只考拉回来就好了,我最喜欢考拉,它是世界上最可爱的动物。

这次行程的第一站是在布里斯班。下了飞机就问导游,哪儿能看到考拉和袋鼠。导游说,在布里斯班的公园里就有很多。于是,兴冲冲地奔公园去。在路上,导游介绍了考拉的生活习性和作息时间。考拉平时在树林里,以吃桉树叶为生。桉树叶里有大量的安眠药成分,因此,吃桉树叶为生的考拉,每天都要在树上睡十八个小时以上。醒来的时候,就爬在树上吃桉树叶,吃饱了继续睡。

每天都会有大量的游客来到澳洲,都想接近考拉,想抱抱它们,想跟它们合个影。收养在公园里的考拉,就是为这样的游客服务的。它们和人一样,在公园里工作和生活,任务是与游客合影。跟每个游客合影一次，收取三十块澳元。在我们看来，考拉吃饱睡足之后，只是让人抱一抱、摸一摸，再和人合个影。这样的工作怎么说都是轻松的。然而，澳政府觉得考拉是很辛苦的。他们为在公园里参加工作的考拉定下作息时间，每天只规定它们上班半小时，而且工作一天，休假一天，隔天再上班。也就是说，考拉上一个月的班，只需要花掉七个半小时。其他的时间，它们就被放养在桉树林里自由自在地生活，吃桉树叶，昏头大睡。

在公园的树林里走，看到很多考拉趴在树上，大多闭着眼睛，睡得昏死过去，那模样可爱极了。我们走到树底下，也没能吵醒它们。偶尔有醒着的，或许是被我们的喧哗声吵醒的，便睁着圆鼓鼓的眼睛好奇地打量着我们。那神态也是惹人怜爱的。

我没能免俗，也和大家一样去排队买了票，抱着考拉拍了张合影。考拉的身体软绵绵的，实在是令人爱不释手。但我不能帮朋友带它回来。只是拍了照片发给他。

布里斯班公园里也有袋鼠，比考拉多得多。因为数量多，待遇就没考拉那么好。它们躺在树荫底下，任何游客走过去，都可以去抱它们、摸它们，给它们喂大量的饲料，直至把它们的胃吃撑了，连身子都立不起来，只得懒洋洋地继续躺在地上，任人抚摸、拍照，全都是免费的。

据说袋鼠是一种只会前进不会后退的动物，代表了澳大利亚人的积极进取绝不后退的精神，所以格外受澳大利亚人的喜爱，并将袋鼠作为他们国徽上的标志。在澳大利亚购买物品，只要上面印有袋鼠标志的，就说明是在澳大利亚生产的。

澳大利亚人尊重动物，懂得与动物和平相处、共生共存。然而，袋鼠的繁殖生育能力实在太过迅猛。在澳大利亚，共有四十八种袋鼠，总数估计在几千万只以上。由于袋鼠太多，又要与羊群争夺草场，危及到了羊的生命。饿的时候它们也会跑进附近的村庄里，扰乱人们的生活。为了保护环境和保护生态平衡，澳政府决定适量宰杀袋鼠。各地区根据联邦政府批准的管理计划和每年规定本地区的宰杀数量，并给所有被宰杀的袋鼠佩戴标签，并上报政府被宰杀袋鼠的地点、品种和重量。十三公斤以下的小袋鼠是受到保护、严禁宰杀的。

到了澳洲，我才明白过来，为什么在中国的饭店里，只要是从澳洲进口的澳洲龙虾、澳洲螃蟹，以及澳洲来的银鳕鱼都那么大？为什么在澳洲的所有饭店里都见不到小鱼小虾？原来澳大利亚政府的法律规定了不许捕杀弱小的动物，包括天上飞的鸟类和水里游的鱼虾等。要是捕到一条小于政府规定尺寸的鱼，必须得放生，否则就是犯法，会被抓进去坐牢。

记得在澳大利亚的最后一天，大伙去悉尼码头品尝澳洲海鲜。好多好多海鲜都不认识，都想尝一尝，但肯定是尝不过来的，品种实在太多了。不过到了这里，举世闻名的澳洲龙虾和螃蟹却是一定要尝一尝的。同行的有一对母女，又想吃龙虾，又想吃螃蟹，但无论点哪个，都觉得吃不完。于是和另外四个人并在一起，点了一只龙虾和一只螃蟹，花了将近一万块人民币。要 AA 制分摊钱的时候，大家差点吵起来。

我们一家人，和那对母女一样，又想吃龙虾，又想吃螃蟹，却不想与人并在一起吃。可是我们三个人的胃加起来只能装下一只龙虾或者一只螃蟹，我们不能同时点两样。后来，我们还是决定了吃龙虾。因为龙虾长得大，感觉还可以接受。一只螃蟹要是长得跟桌子那么大，看上去总是有些害怕的。

那一顿，我们别的什么也没点就被一只香喷喷的龙虾肉差点撑破了肚子。

除了海鲜，在澳洲最容易吃到的是袋鼠肉，一般的饭店里都会有。据说在1995年之前，澳大利亚人是禁止吃袋鼠肉的。但是袋鼠越来越多，每年的数量都在爆炸式增长，所以，澳政府允许人们适当地猎杀袋鼠，并作为食物。

我在澳洲第一次吃袋鼠肉的时候，还以为是牛肉。因为是红烧的，放了很多佐料在里面，吃不出和红烧牛肉有什么区别。但仔细品尝，还是有区别的，口感没有牛肉嫩，而且略微带点酸。要是放得佐料不重，还会有点膻腥味。总之，没什么特别，算不得美味。

Black Tomn

　　这是悉尼边上的一座小镇：Black Tomn，翻译成中文：黑镇，或者乌镇。当我入住这座黑镇时，我想起了中国的乌镇，离我居住的杭州一个多小时车程。中国的乌镇是座古镇，位于江南，与水有关，充满故事。自从成为旅游胜地以来，乌镇已失去它的宁静之美，到处都是人声鼎沸喧闹拥挤。只有到了夜里，当游客散尽，乌镇才会恢复它原有的宁静。想起来，几乎每次去乌镇，总是乘兴而去，扫兴而归。原因是去那里的人实在太多了，像置身闹市，寻不得一处安静。

　　在 Black Tomn 的黄昏，我和大摄出去散步，顺便想在路边买些水果或者零食回来。可是，我们一直走到天黑，穿过几个小区，经过无数低矮的房子，走了好几个小时，都没有找到一家小店和水果摊。路过的那些房子，院子里栽满花草，打理得干干净净，可就是见不着人，不知他们都去了哪儿。

偶尔遇见几个人，零零落落地与我们擦身而过，会自然而然地转过身去多看他们几眼。好几次当我们转过身去的同时，也看到他们正回过头来看我们，彼此之间都会微笑一下，笑容里尽是友善和好奇。

禁不住想开去，这样的一种笑容，在生我养我的中国大地上，似乎从未曾遇见过。我们对于陌生人，总是心存芥蒂。我们每天每天，只要抬腿出门，遇见的全是人。人挤人，人挨着人，人山人海，我们不会对擦身而过的人抱以好奇之心，我们来不及与人微笑，每天遇到的人太多太多，多到你不胜厌烦。

人多，声音就嘈杂。在嘈杂的地方待久了，人的嗓门就大，怕声音小了对方听不见。中国人到哪都是嗓门最响的。因为中国人多，几乎世界上所有的城市都会有中国人居住，中国人居住的地方，都会有个中国城。悉尼也一样，也有中国人，也有个中国城。我们去时，正值中国人过春节。司机是澳洲本地人，车过中国城的时候，他告诉我们："那边就是中国城，是你们中国人开的，能买到各式各样的商品，吃喝玩乐样样都有，只是那边现在有些乱，他们在过中国节。"

那司机说得很节制。中国人不过节的时候，他也一定觉得"那边"乱乱的。

从布里斯班开始，到黄金海岸，到凯恩斯，到墨尔本，再到悉尼，一路过来，只要离开酒店，只要出门，就能遇到黄皮肤黑头发的中国人。要不是身边不同的建筑，我常有一种错觉，觉得自己并没有出国，并没有走在地球的另一边，而是在中国的城市与城市之间穿行。身居澳大利亚的中国导游骄傲地告诉我：他跑遍全世界，大小城市几乎都有"中国城"，连地级镇都会有中国人开的餐馆，走到哪都不会让胃受委屈，现在的中国人，真是很强大的。那导游是真的在骄傲，有一种自我褒奖的慰藉。他还问我是否考虑让孩子出来留学，因为我带着女儿，因为太多的家长在旅游时实际上是在为孩子考察适合的国家适合的学校。他猜对了。我确实有此打算。只是没想好去澳大利亚还是美国，还是加拿大，还是别的国家。他对我感叹：不管送到哪个国家去读书，都需要一大笔钱，现在的中国人有钱了，国外好多学校都靠中国学生发财。

——说不出来为什么，这话听起来总归有些怪怪的。的确，这几年的中国貌似真的有了点钱，美国、加拿大、澳大利亚等几个移民国家的大学，都面向中国来招生。大学四年下来，按平均每人百万人民币来算，招一千个中国学生，就是十个亿。再加硕士、博士留学生和高中就出去念书的那批人。每年出去的学生加起来何止千人，产生的费用何止十个亿？这笔钱，虽然跟国内贪官的赃款和公款吃喝比起来，算不了什么，但对中国普通老百姓来说，这实在是一个天文数字。我相信，更多的家长，并不真的很有钱，为了供孩子出国读书，他们卖房攒钱、省吃俭用，义无反顾地榨干自己，只是为了一份别样的期待和目标。

是的，他们那一代人曾经过苦日子过怕了，现在好日子象征性地来了，便都急着将自己的孩子送出去，让孩子们去喝洋墨、学洋知识，接受外国的教育，涂金抹粉回来好变成一个发光闪亮的人，同时也把他们的梦想重新照亮。

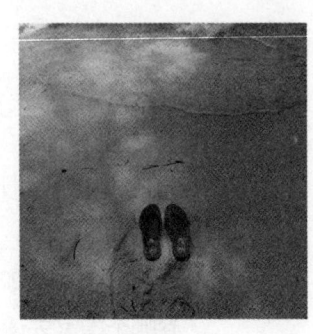

大堡礁

大堡礁的所在地在凯恩斯,是世界上最大的珊瑚礁区,非常漂亮。

到达凯恩斯那晚,导游要求我们第二天早点起床,必须准时到达码头集合,因为他好不容易订到去大堡礁的船票,要是迟到,船是不等人的。

有客人说:"万一迟到了,我们可以改坐下一班啊。"

导游说:"订不到的,差不多一周的船票都已预订满了。"

"有那么多人去大堡礁?"

"都是中国人去,现在是春节,中国人都来这里旅游了,为了对付中国来的游客,从凯恩斯到大堡礁已乱作一团。"

游客急起来:"那我们到了大堡礁,还能不能坐上直升机?还能不能乘上热气球?还能不能去潜水?去海底漫步?"

导游说:"我只能尽量去帮你们争取,看能不能排队订到票,这些项目平时不太有人去,现在大批的中国人涌过来,全乱了,人手和设施根本不够。"

到凯恩斯码头之前，对导游的话多少抱有些怀疑。还以为导游这么说，是为了让我们都能够爽快地掏钱去报名参加这些项目，要不然就抢不到位置了，这次来澳大利亚不坐一回直升机，不乘一回热气球，不参观一下大堡礁的美景，下一趟不知要等到猴年马月了。

到了船上，黑压压一大片，看见的全是中国人黄色的脸。我站起身绕了一大圈，没看见一个外国人。要不是后来上船的坐在我对面的那几个日本人，我还以为这是一只被我们中国人包下来的船。

船至大堡礁，彻底信了导游的话。一座海中的美丽绿岛，被乌拉拉的中国人占领。到处都是中国人，个个脸上热闹非凡、激情洋溢，像在同一时间奔赴在地球的另一面，来赶一场盛大的庙会。坐直升飞机的票订不到，热气球的票订不到，要在空中看一看大堡礁美丽景色的梦想终归无法实现。连海底漫步，下海潜水的仅有的几个名额，也是导游去拼了命抢来的。

没去海底漫步、没去潜水的我们，被导游安排到了一个沙滩上。沙滩不大，有些零乱，当人们下海去玩水的时候，我和几个爱摄影的人举着相机四处闲逛。居然发现一片巨大的沙滩，蔚蓝的海水、干净的海沙、缤纷的遮阳伞，美到令人窒息。虽然还是中国人占多数，但在这里可以看见来自世界各地不同肤色的游客，他们在这里游泳、玩水、晒太阳。

导游骗了我们！两个沙滩间隔仅几分钟的路程，一个朝南，一个朝北，只需要转个弯就是，他为什么不带我们来这个美丽的沙滩，而要带我们到又脏又乱没人收拾的海滩上

去玩?

整个团队的人愤怒起来,觉得被骗了,受了侮辱,个个摩拳擦掌厉声质问导游为什么为什么?

答案是显而易见的。可导游是不会说出个中原因的。所有的人仍然在那里继续质问继续追问为什么为什么?导游只涨红着脸,站在众人面前一迭声地说着对不起对不起。那不是答案,那是抱歉。然而,这样的抱歉在那个时候是起不了多大作用的。所有人将导游团团围住,你一句我一句,有点围攻讨伐的意味。最后那导游被指控为不配做一个中国人。因为他身为一个中国人,却在他国的领土上,鄙薄轻慢欺骗自己的同胞。

那导游我还蛮欣赏他的,三十不到,长得很帅气,有一张经过漂泊之后的广漠镇定的脸容。在来大堡礁的路上,我与他闲聊,知道他来自中国北方,家底不错,喜欢旅行。大学毕业之后就满世界跑,每到一个地方便住下来,打工赚钱,然后继续走。来到澳大利亚,他喜欢凯恩斯

的自然环境，于是找了一份导游的职业，一边谋生一边实现他走遍世界的梦想。多么闪亮纯净的梦想啊，我完全可以想象他一个人在路上行走时，所忍受的孤独和付出的勇气。

  而他骗了我们。当所有的人在质问和控诉他的时候，我只在旁边看着他。我选择了缄口。那个瞬间，另一幅场景强有力地占据了我的脑海，前不久我跟着一个大团去欧洲，路过比利时和法国交界的某个小镇，我们要在那个小镇的饭店里用餐。那是一家小而雅致的饭店。背景音乐是低沉而浪漫的美国乡村音乐，混着些爵士的元素，是我喜欢的。饭店里坐着一些正在用餐的欧洲人，他们认真地吃着牛排，轻声地交谈着。可不一会，饭店里的一切都乱了起来。我们一行四五十个人，汹涌而至，首先是没有大圆桌让我们可以拖儿带女呼朋唤友地坐在一起。那家饭店最大的桌位只能安排四个人。有人开始迅速抢占位置,将隔壁的两张桌子拉并在一起,一边吆喝亲人和朋友坐到一起来,女人们带着自己的孩子找洗手间去解手,男人们开始搬拉桌椅。一阵桌椅摩擦地板的声音过去之后,接着就是抱怨吃不惯西式牛排,没中国菜好吃。埋怨声此起彼伏。导游像个做错事的小孩,低声下气地赔不是,解释又解释,强调又强调:由于时间关系,只能安排大家在路边小店用餐,希望下一顿能有时间提前到中国餐厅去作好预订。牛排陆续搬上来,刀叉与杯盘碰撞的声音特别清脆刺耳,他们大声喧哗着,哈哈大笑着,完全忽视了还有另外一些人也在用餐。那些小声低语的欧洲人,已经闭口不语了,他们睁大眼睛好奇地看着我们,像在看一群天外来客。我几次转过身去看那些欧洲客人,心里充满歉意,只想着快点吃完,快点走人。

　　大堡礁的来回船票都是预订好的,时间一到,我们就得离开。导游说了,这里的船是不等人的,这里的人时间概念非常强。所以,一行人,一边和导游吵着闹着,一边也只能往回赶。带着满腹的怨气和遗憾登上返回的船只。

　　海面上的阳光异常毒辣,有风,海浪不停地冲击着船舷。船身剧烈的摇晃,让我控制不住地呕吐起来。好多人都在晕浪,一张又一张晕着浪干呕着的脸青灰青灰的。导游走过来,手里拿着一叠油纸袋,小心翼翼地分给每一个将要呕吐的人,讨好一样地对人说:吐在袋子里吧,坚持一会就到了,很快的,再熬一会,最好别吐在船上,吐到袋子里,好吗?袋子我帮你拿着。这几句话,他反复对人说着,我反复听了几遍。那时的我捧着油纸袋,呕得眼泪都出来了。当他走过我身边时,我别过头去,突然很难过,不忍去看他那苦口婆心满脸凄惶的模样。

　　那模样,我似曾相识。

加德满都
Kathmandu

河内
Hanoi

曼谷
Bangkok

吴哥
Angkor

新加坡
Singapore

雅加达
Jakarta

巴厘岛
Bali

亚洲
Asia

印尼，一段未曾想到的旅行

我从未想过，会到达印尼。

走在雅加达的街道上，看着穿梭而过的印尼男人，他们一个个皮肤黝黑，双眼深陷。偶尔几个穿着裹布长裙的男人与我擦肩而过，足上拖着一双橡胶拖鞋，步伐沉实，目光坚定。在他们中间，有一位男人狂热地爱上了中国女子。那中国女子，和我一样生活在中国南方的一个小镇上，是我在旅途中认识的，二十三岁结婚，婚后不满一年迅速离异。之后旅居北京，喜欢满世界乱跑。跑了很多年，未曾想到在印尼的雅加达遇见她爱的人。

"我从未想过，我会在印尼遇上爱。"她这样对我说。可是，她母亲坚决不同意她嫁到印尼去。她母亲说，印尼这片国土不可靠，海啸、地震、火山爆发，说来就来，还有严重的社会治安问题。她母亲就她这么一个女儿，眼看她离了一次,绝不能再让她去冒险。

可是,他们相爱了。从雅加达到浪漫的巴厘岛,在人潮汹涌的沙滩上,他忽然屈膝下跪,当着所有游客的面向他求婚。她陶醉了。这个古老的求婚方式,将她熄灭了多年的爱情重新点燃。她说,与他在一起的那些日子里,她的心里只有一个强烈的念头:我要嫁给他,我要嫁给他,无论如何,我都要嫁给这个男人!她跑遍了世界,觉得印尼的海岛是最美最浪漫的,美得令人心醉。她从没觉得和一个男人在一起,会那么融洽、协调,又激情四溢。她认定自己属于他,她是他的人。有一次,她母亲和她吵,并以死威胁,说要是她胆敢嫁过去,她便死给她看。

那晚和女友告别,回到家,一个人寂寂地坐在灯下,书桌的右上角放着一个地球仪,我一边旋转,一边查找印尼在世界地图上的位置。几次转动之后,我找到了它,在中国地图的"鸡胸脯"下方。"印度尼西亚",五个字出现在蓝色的海洋上,从地图上看,这个国家甚至没有整体的形状,它是散的,像散落的小珍珠,又像很多的小雨滴组成。一颗水滴代表一个岛屿。怪不得女友强调又强调,印尼是一个千岛之国,每一个岛屿都充满着热辣辣的浪漫与风情。

说不清楚为什么,在印尼,我一直都很提防印尼男人。我不喜欢他们。我也实在想不通我的那位女友,为何独独爱上印尼男人。也许她的那位印尼男人,和我遇见的大不一样。我无法揣测。我从没见过他。但是我喜欢吃印尼人烤的玉米和花生,又香又糯又好吃。尤其在巴厘岛的沙滩上,双手捧着一串热乎乎半焦的烤玉米,一边啃,一边低着头在沙滩上漫无目标地走,海水轻柔,浅浅地吻着我的双足,说不出来的惬意与满足,有一种麻酥酥、懒洋洋的美好感觉。在沙滩边漫步,我接到一个来自家乡朋友的电话,那边是冬天,雨夹着雪花纷纷扬扬于天空中飘飞,隔着千山万水,我亦能从电话里感受到来自中国南方的那一份阴寒刺骨

// 印尼·某个小镇上

的湿冷。而我,正赤足享受着亚热带海水的轻抚,碎花的吊带裙偶尔沾着海浪,弄湿一小片,又弄湿一小片,海风一吹,很快又干了。那样的时刻,快乐无边无际。

雅加达的香蕉和猫屎咖啡

在雅加达吃得最多的是香蕉。一直以来,我都是这么认为的,再也没有比香蕉更常见更普通的水果了,味道也是极平常的。可是,在印尼,香蕉的吃法多到令人吃惊。居然有几十种之多。有生吃的、煮着吃的、油炸的、用炭火烤来吃的、熬成汤汁的、做成冰淇淋的、蘸着糖酱吃的……五花八门,眼花缭乱。印尼人如此钟情于香蕉、变着花样吃香蕉,也是没有想到的。

没想到的事情,还有。在中国的西餐馆里,偶尔会吃到印尼炒饭,想来这道厨艺,来到中国之后一定被改良了又改良,味道很一般,和中国的普通炒饭也没多大区别。除印尼炒饭之外,便很少再尝过别的什么了。更没听说过好的咖啡会在印尼,而且是好到极致的咖啡。我爱喝咖啡。到印尼之前,以为会喝不到咖啡。没想到,我大错特错了。在印尼的爪哇岛、苏拉威西岛、苏门答腊岛上,种满了咖啡树。随随便便走进一家小咖啡馆里,都能点到一杯味道香醇的咖啡。别的咖啡先撇开不说,拣意想不到的说:

// 雅加达

Kopi Luwak,麝香猫咖啡,它的别称是:"有屎以来最香的大便"。名字一大串,从来没有咖啡会以如此不雅的文字来命名。然而,就是这种咖啡,拥有世界上最俗臭的名字,却拥有着世界上最昂贵的价格。昂贵,是因为它的稀有,因为它的独特。

麝香猫是一种猫的称呼,它们是野生的,长在印尼的苏门答腊岛上。可以这么说,制造此种咖啡的,不是人,而是这些野生的麝香猫。它们生性孤僻,喜欢夜行,在热带雨林的山地灌木丛中或阔叶林区出没,它们吃小型兽类、两栖爬行物、昆虫和植物的果实。它们喜欢挑选咖啡树中最成熟最香甜、最饱满多汁的咖啡果实当食物,咖啡果实经过它们的消化系统,消化掉的却只是果实外表的果肉,坚硬的咖啡原豆却无法消化,随后被麝香猫原封不动地排出体外。据说,这就是"自然发酵法",咖啡豆在消化系统中产生了无与伦比的神奇变化,味道特别香醇。这种做咖啡的方式,曾被美国人当作天方夜谭,根本不可信。然而,它存在着,并且被爱咖啡的人们迅速接受。

可惜我没见到这种猫。它们生长在它们的岛上。又生性孤僻，喜欢夜行。我想我是无缘见着它们的了。它们带着诡异的气息，令我心生好奇。百度对麝香猫的介绍，据说，它们的性器官附近有一个腺体，专门分泌乳白色油脂，这种油脂就是香水业最珍贵的原料。记得莎士比亚在他《李尔王》的剧作中，有这样的对白：请给我一点麝香猫的香油，刺激我的灵感。在这之前，我并不知道麝香猫为何物。现在，虽然我还不认识它，但对它们的认识总是具体了一点。至少我知道它们生长在印尼的苏门答腊岛上。

之后，每次我用香水的时候，总是会自然而然地想起这种猫，想起从它们身体里分泌出来的油脂。我已好久没用过香水了。

由麝香猫制造的咖啡，我喝了。在雅加达街头的咖啡馆里。很遗憾的是，我并没有喝出它的卓尔不凡。也许是那天我的味蕾出了问题；也许是花去昂贵的钱，在喝它之前期望过高。进入嘴里的味道确实异常香醇，但浓香中夹杂着另一股类似土腥的味道，叫人很不舒服，下咽时，还感觉那股味道抽离而出，直接要呛着我的鼻子。想再喝一杯，验证一下味觉的。可是，却没有再喝的机会。

本来想好的，无论如何，要从印尼带点猫屎咖啡豆回家。不管好喝还是难喝，只因它的奇特，也是值得带回家的。在雅加达的时候，怕带着不方便，就没买。后来，一程一程地走，到了订好机票准备回家的那天，却怎么也买不到这种咖啡豆了。

倒是买了六个杯垫，是用一种藤一样的草手工编制的。买的时候，觉得它不过是草，用过一段时间就丢了，价格有些偏贵。但是，拿到家里用的时候，才知道它的好。居然可以用水洗，洗完晒干之后也不变形。想必是一种很奇特罕有的草。编制的时候可能经过熏蒸处理。被盛了热茶汤的茶碗一烫，拿起来闻，有一种淡淡的熏腊肉和熏香肠的味道，让我一次次想起那杯猫屎咖啡。

一张旧报纸的下午

最享受的是住在巴厘岛别墅的那些日子。这种度假别墅，印尼人称它为 Velavaru，它小而精致，独门独院，院子里有一个游泳池，泳池边几丛芭蕉树，看上去干净又温馨，仿佛进入童话般的小屋。

推开卧室的门，洁白整齐的床铺上，撒了些干净的玫瑰花瓣。茶几上的玻璃烟灰缸里，也随手撒了几片玫瑰花。见了这些小小的细节，心无端端便酥软起来。找出换洗衣服，去浴室洗热水澡，没想到，水已经注满了浴缸，浴缸里同样漂浮着玫瑰花瓣，感觉无比风情和浪漫。伸手试水温，不冷不热，正好合适。赶紧跑到院子里，想对刚刚帮我把行李搬过来的那个服务员道个谢。在大堂的时候，经理介绍她叫Miya。这些天，由她打扫这幢别墅和负责做早餐。明明是酒店的服务员，可她穿着花布衣裳，扎着头巾，把自己打扮成

佣人模样。当然,这肯定是酒店的用心。住的别墅又是独门独幢的,每次她开了院门进来打扫,或过来做早餐,感觉自己住的不是酒店,而是住在别具异国风情的自己的家里。

很想和 Miya 聊聊天,可是,语言阻隔着我们,我们听不懂彼此的话。每天每天,都只以几句简单到不能再简单的英语代替问候。但我们之间非常默契。每天清晨醒来,总会听见 Miya 在厨房忙碌的声音,我能听清楚她往油锅里煎鸡蛋还是在熬汤。这样的早晨,令我感觉温暖,心生感激。当我洗漱完毕,穿好衣服走出卧室,我的早餐已经摆好了,Miya 会从微波炉里端出最后一杯兑了牛奶的热咖啡给我。我用餐的时候,她无声无息地走开了,去打扫我的卧室,帮我清洗换下来的脏衣服。

第一顿早餐,我没有把她的煎蛋吃掉。我并没有告诉她,我不能吃鸡蛋。第二顿早餐时,餐桌上便少了煎蛋,多出来一份洋葱土豆汤,汤里加了些红咖喱,正是我爱吃的土豆。我除了把土豆汤吃完,并对她重复又重复这碗汤真好喝以外,再不能说些别的了。为了表示感谢,每天,我会在离开房间之前,把小费放在茶几上,用玻璃烟缸压着。有时候是一万或两万印尼盾,有时是十块美金,有时美金和印尼盾找不到合适的数目,就放几十块人民币。不管什么币种,多少面值,她都照收不误,从不嫌少,也不嫌多。我知道印尼是个收小费的国家。但是,和 Miya

之间,我避开了当面给她小费的习惯。

有一天下午,我从海滩边回来,晒得像条半干的咸鱼。开了院门,脱了衣服便往泳池里跳。我以为这个时候,Miya不会在这里。只要她不在这里,整个院子里就不会有人。没想到,她居然从厨房的边门探出身子来,惊讶地看着我。我尖叫起来,尽可能地将身子沉入水中,可是清澈干净的水根本遮不住我的身子。她弯了弯头,惊讶的表情随即被微笑替代,立即跑进浴室去帮我拿了块大浴巾出来。她把叠得整齐细致的白色浴巾双手捧起,挡住自己的双眼,然后走向泳池边的躺椅,侧过身,将浴巾放在躺椅上。然后,双手蒙住眼睛往回走。天哪,她的这个动作,让我忍俊不禁,我们同时大笑起来,差点害我呛了水。

这个下午,Miya是来擦玻璃窗的。厨房的玻璃沾了些油烟,她是想趁我不在的时候,过来擦干净。奇怪的是,我披了浴巾在她面前走过,一点也不感到难为情了,感觉她是个从小和我一起长大的亲姐妹。

她先用水浇湿了玻璃,然后用旧报纸擦拭。报纸能迅速吸干玻璃上的水。这个方法和我妈妈擦玻璃的时候一模一样。我随手从桌上的一叠报纸中,抽过几张来看。我当然看不懂。这是他们当地的报纸,印着他们国家的文字。可是,我忽然从其中一张报纸上瞥见了奥巴马的巨幅照片。也不知上面写了些什么。

泡过澡后的身体特别慵懒舒爽,脑子在这个时候却转得疯快。我凝视着奥巴马的照片,想起来的全是那几个字:想不到,未曾想到……我们的一生,一切的一切,都是想不到的。

奥巴马的父亲是肯尼亚人，父亲和母亲离异后，母亲改嫁印尼男人，奥巴马随母亲来到了继父的国家：印尼。幼年的奥巴马就住在雅加达市中心的一座小屋子里，门前种着一棵芒果树。据说，奥巴马小时候的梦想是当印尼的总理。可是，他当印尼总理的梦想没有实现，却当上了美国的总统。当上了美国总统的奥巴马，在一次印尼国家皇宫参加国宴时说：小时候从未想到，有朝一日会到这里做客，更不用说是作为美国总统来到这里，我其至不曾想过会走进这座建筑。

是的，不管伟大的人物，还是像我们这样的小人物，在生命当中，总是会有太多太多的"想不到"，和"未曾想到"。我那位女友，在我回国之后，突然打电话告诉我说，她已经决定和那印尼男人分手了。原因不是为了她母亲的阻拦，而是，她已经不爱他了。我到此刻都无法确定，她说的是真话，还是气话。总之，都是令我想不到的。

那天下午，Miya 在擦玻璃窗，我坐在院子里，举着旧报纸看着奥巴马。心里懊悔着，要是我早想到奥巴马就在雅加达居住，我会去他住过的门前，看一看那棵芒果树还在不在。可是，我已经离开雅加达，懊悔也没有用。

然而，这一切的一切，谁会想到呢？我甚至没有想过，我为什么会到达印尼。

另一种漂泊与无依

巴厘岛真的很美，它的阳光、沙滩与海浪，太适合人幻想与纵情。然而，这趟行程却被我走成了囫囵吞枣、走马观花。只是到过，而未真正进入内心。镜头掠过风景，成了无言的移过。一路摄取的，不过是人云亦云、千篇一律的风景。

灯下看照片，有种被辜负的感觉。如果下次再去那里，我会重新交付我的目光，主动给自己遇到某些风景的机会，相信风景也会选择看到她的人。

很多时候，都是一个人走。这次却带了家人去，上有父亲，下有女儿与小侄女。一直以为分享是件快乐的事。而这次的旅程却让我懂得，分享原来也是艰难。阻隔重重。

也许是因为那条沟，造成了精神的陌路。自以为的安宁与静默，并非归宿。庸常的生活像陷阱。我们生活其中，早已忘了发问，忘了找寻。在另一个完全陌生的国度里，才忽

然开始发问,开始追寻内心深处的那份归属与依存。

父亲老了。女儿还小。我夹在中间。在这些日子里,本应享受天伦之乐,享受美好景色。然而,我们却像不同的季节,走不进对方。几乎在一夜之间,我骤然看见我们之间的距离已隔得太远。而我们,是至亲,是在这个世界上离得最近的人,爱到无从说起。

那晚,女儿叛逆的目光夹带着冰冷的话语,几乎令我不知所措,无从应对。我抱歉地对旁人笑。旅途中遇见的人,反倒友善,彼此关照。我们坐在游泳池边的圆桌旁,路边的灯光射过来,有一种毛茸茸的暧昧混沌的黄。我的对面坐着一位父亲,他的女儿跟我女儿同岁。另一位未娶。从傍晚至凌晨,我们的话题发散而随心所欲。我相信我与人沟通与相处的能力没有问题,却为什么,独独接近不了我身边最最至亲的人。

我一直在尝试着给女儿自由与空间，反对父母掠夺孩子的思想，并把自己的思想颁布给孩子。女儿长大了，渐渐开始疏远我，难道一个孩子的长大，是从对父母的疏远开始的吗？

　　另一个夜晚，陪女儿去 SOKO 买泳衣，汹涌的人丛中，飘过来烤鱼的香味，暖俗而温情。而我，忽然便陷入一种漂泊与无依的感觉里。女儿去柜台兑换了卢比，选择的泳衣颜色和款式，完全与我背道而驰。我还是接受的。女儿是我的。女儿更是她自己的。我总在担心自己，不可抑制地要去套用多数父母的教养规则。还是走吧。只要走着就好。不管走多远，走多久。

// 巴厘岛·海边

在西哈努克港的艳阳下

2007年的年末,中国在抗雪灾。我走在西哈努克港最著名的沙滩上,抗拒着四十多度的日照。这种温度上的强烈反差,令我恍如置身于电影里的某一幕。总觉得某些浪漫的事情会在某一瞬间发生。

那天的太阳晒得我浑身冒烟。我恨不得太阳早点落下山去,好让我沐着海风度过一小段凉爽休闲的时光。

我在海滩上四处溜达,几个美国人躺在躺椅上,为了让太阳更大面积地晒到自己,几乎赤裸着。那么,太阳对于他们,是一种需要。他们那样懒洋洋地躺着,洋溢着一种优越感。他们的动机很明确,不远万里来到此地,纯粹是来享受阳光的,是来休闲的。这是属于他们的生活方式。

黑就一定是健康的吗?我恶毒地举起相机。抬起头来看的时候,正好走过一个柬埔寨小贩,她头顶着满满一筐水果,正快步从我眼前走过去,闯入我的镜头。我注意到了她身上的长袖衬衣,和遮阳帽。每天在太阳暴晒下的柬埔寨人,已习惯以各种方式去躲避太阳。我追上去,买下她头顶上的一只木瓜。木瓜也是滚烫的,她让我去水里浸一下,浸凉了再吃。我发现她的嘴唇有轻微的爆裂,肤色黝黑干燥。她用手背擦了擦额上的汗,重新走去人多的地方。

同一片天空下的太阳,对有些人来说,是沐浴,是休闲;而对有些人来说,却是酷刑。

我找了个椅子坐下来,准备享用我的木瓜。可那椅子的温度,差点烫得我跳起来。椅子边的那条狗,从我经过它去别处溜达,直至回来,一直在睡觉,甚至连姿势都没有变一下。我相信它绝对是柬埔寨的狗。它居然在人来人往中,睡得如此泰然、悠闲,真是令人羡慕。我像抗拒似的举起相机,然而,抗拒无效。那狗对我的故意惊扰置若罔闻。

"咔嚓"一声,我猛回头,不远处一个男人正举着相机,抢下我拍狗的镜头。虽然这在热闹的风景区,是经常会遇到的事。但你仍然可以把它想象为戏剧化的某场邂逅,就像电影里面的某一幕,随着相机的一声"咔嚓",故事和浪漫可以从这里开始……

// 西哈努克港

// 柬埔寨·女王宫

奢华瑰丽的女子避难所

女王宫坐落在暹粒,远离吴哥。女王宫还有其他中文名:湿婆宫、斑黛丝丽寺、班迭斯蕾古刹、女子避难所。我在标题栏里,随手打上了"女子避难所"几个字,想到它的精致剔透、富丽堂皇,又在标题前加了"奢华瑰丽"作为修饰。

今夜,我想写写女王宫,或者叫女子避难所。女王宫与避难所,极为矛盾的组合。我却忽然对这份矛盾生出些感觉来。据说在吴哥王朝时期,柬埔寨经常与邻国发生战争,在远离吴哥王城的地方建造这座宫殿,是为了战争期间藏匿后宫佳丽用的。虽然真实性早已无从考证。然而,我却被这个传说牵引至千年前的吴哥时代。我靠着墙坐下来,努力想象着当年的后妃也曾这样坐下来,望着宫墙,寂寞地等待着吴哥王从战场上早日归来。

但我对这个传说还是不满意的。我不敢相信,用来避一时之难的女王宫,也要精雕细琢到这种程度吗?其无与伦比的精致程度足以令世人惊叹。整座王宫都由粉红色砂岩建成。吴哥的工匠竟能将坚硬的石块,如雕刻木头般琢磨出层次分明、线条纤柔的精细作品。门楣、墙壁、窗棂,无一遗漏,都镂刻得一丝不苟、巧夺天工。

仔细看,每一幅图都是故事。工匠把故事一刀一刀刻成浮雕,把浮雕一刀一刀串成故事,是否让女人们用来打发一个又一个寂寞的日子?我紧紧靠着墙,靠着实实在在的吴哥时期的女王宫的墙。然而那些吴哥的日子,却已远了,之间相隔千年。女人们不在了,雕刻故事的工匠不在了,讲故事的人也不在了,我能够用手触摸得到的,只是粉色的石头,以及石头上的浮雕,像一面面残破的镜子,映照出遥远的寂寞和清冷。

我实在舍不得离开。披上柬埔寨人称之为"水布"的披巾,用来抵挡阳光的炙烤。在宫殿绕了一圈又一圈,跟所有喜欢摄录内心惊奇的人一样,不停地举起镜头。耳边不断响起快门的"咔嚓"声,寂寞而短促。

// 吴哥僧人

吴哥丛林的乐器声

我从吴哥窟的丛林中走出来,高大的树林遮挡了阳光的直射,我一直在树荫下穿行,却还是感觉自己置身于热蒸笼里。闷热使我失语。整个下午没有思想。

有乐器声传来,零零落落,毫无章法,又时断时续。那是树林拐弯处一群盘腿而坐的男人弹奏出来的声音。好奇心促使我向他们走近。真是触目惊心!这些男人,他们把穿了鞋子的腿放在一边,与自己身腿分离。那些假肢即是证据。他们要不断了腿,要不没了胳膊。是战争让他们的身体不再健全。

来柬埔寨之前,有人曾告诫过我,小雨,你若去那里,要当心残留于丛林里的地雷。我只当开玩笑。原来这些玩笑,在这些男人身上成了真。他们并未上过战场,全是当地百姓,在战后的土地上无意中踩着了地雷。一声轰响令他们倒下,身子被炸开。生命瞬间即逝。断了腿或伤了胳膊的,便捡回来一条命,坐于此地,弹奏起这些琳琅满目的乐器。他们的手指并不灵活,他们从来都不是个好弹手,亦没受过专业训练。各种乐器被他们混杂在一起,弹得支离破碎。

我把几张零钞放在他们面前,逃一样转身离开。我不愿看到他们乞讨的表情,更不愿看到他们鞠躬时带动起来的半截胳膊的晃动。

肌肤被紫外线灼伤,碰一下就痛。我坐在一棵大树下躲避阳光,等太阳下山去。大树背后是吴哥雄伟的建筑。前面是一片稀稀落落的杂树林。几座简朴的吊脚楼,立在杂草树木之间。一群喇嘛从木楼梯上走下来,他们把长袍围成了裹裙,只裹住下半身。裸露着的上半身,皮肤一律黝黑发亮。他们在剃头。没有椅子,没有镜子,只往泥地上一蹲。帮他剃的那个人,挥动一把剃刀,把对方的头发完全地刮下来。发型对他们来说是不存在的。他们不需要任何的型。就像他们的僧袍,既当衣服又当裙裤,无须扣子亦不用带子,随随便便一裹便好。这种完全的放松与无型,是否即佛性?

我百无聊赖在看着他们,剃完一个又一个。刮去了头发的光头,也不用水洗,摸摸头就走。

我甚至忘了孩子们是什么时候过来的。他们以活泼欢跃的身姿爬上我头顶的大树,手里拿着木棍子。原来树上结满了果子,像苹果一般大小,青绿色的外皮一挤就破。它们被孩子们从树上打下来,掉在草地上。我拿出相机拍照,偶尔帮他们捡拾果子。

孩子们告诉我,那是牛奶果。其实我并不能够确定,那棵庞大的树是否真叫牛奶果树。也无从考证,那些树上掉下来的果子,是否真的叫牛奶果。但什么树,什么果子,这些并不重要。我只是惊觉这棵树怎么会长出如此多的果子?我坐了一个下午,都未曾发现。也许树太高大,我根本没有抬头看。只是麻木不仁地坐着,直至孩子们的到来。

一只狗在不远处的大蕉叶下酣然大睡,连孩子们的嬉戏和欢闹都没有吵醒它。狗的身体一起一伏的,仿佛正处于生死之间的彷徨。一个高个子男人背着旅行包,双手紧紧捂着挂于胸前的大相机,行色匆匆地从我面前走过。路过的那个黑皮肤的妇女,弯腰拾起两只牛奶果,塞给她身边的孩子。孩子如获至宝那样把两只果子抱在怀里。

吊脚楼已人去楼空。喇嘛们剃完了头发,不知去了哪儿。吴哥静下来。丛林里的乐器声已消逝。我恍惚起来,仿佛身处人世的尽头。而我寄身于一棵大树。不觉间太阳已沉落。

白天过去。傍晚来临。草地上燃起了篝火。火光照亮人们的脸庞。大人、小孩、游客、喇嘛,以及依靠拐杖站立的人们。原来他们都未曾离去。路人还在源源不断地朝这边涌来。

不知谁把音响带来草地。歌声响起,是用柬埔寨语在唱。听不懂一个字。旋律和节奏感强而有力,像是从森林里唱出来的,遥远、浑厚、直抵生命,令人热泪盈眶。人群转动起来,围着火光转成一个圈。我加入进去,双手被树枝一样硬而陌生的手掌握住,跟随节拍跳起来。我跳得很笨拙,总是跟不上他们。

这一瞬间,人与人离得很近,陌生与怀疑主义烟消云散,世界回到欢喜中。火光将周围的一小片世界打亮。我像一粒闪着光芒的小灰尘,跌跌撞撞,风尘仆仆,飘浮于天之尽头的吴哥丛林,一棵长满牛奶果的大树底下,加入一份证明存在的欢庆仪式,加入一场超现实主义的梦境。我在火光中望向头顶茂盛的树盖,它像一座巨大房子的顶,托着一个飘浮的月牙。

  吴哥的树，大都活过上千年。这一棵，不知活过了多久。也许千年，也许几百年，在我们这一代人死之后，还会继续活下去。它们总是无语而立，将身体交与大地、天空与风。又总是，在我们的生命、真理、喧嚣、欢乐或悲苦的现场，沉默如历史。

石头的微笑

那天,我终于走进这个神秘的森林里,那么多微笑着的石头,浮现在葱郁的树荫下。石头如此巨大,高高在上,我须仰视才能见着。我数不过来,几百个,或者更多。很多石头的四面都是微笑的脸。所有的石头在旋转。阳光直射下来,闷热使人头晕。我感觉自己也像一块加速旋转的石头。

我写信告诉你,我现在在吴哥了,这里有很多很多会微笑的石头,密布在森林里。那些微笑看多了,令我心生不安,有一种不可名状的恐惧。可是,信没有发出去。我知道你不会信,就算信了,也不会与我一样拥有在场时的惊骇莫名。

我坐在树荫下休息,躲避正午阳光的直射,继续上路。我坐的地方,可能以前也有人坐过,一个小贩或是一个农妇,他们步伐匆匆,去赶集或者去赴一场庙会。就像周达观为我们描述的那样,到处都是热热闹闹的。对了,周达观是我们

浙江人。他在元成宗元年（1296年）奉命随元使去真腊，就是今天的柬埔寨。他在柬埔寨住了一年多才返回中国，写下了《真腊风土记》，记录了吴哥灿烂文明的最后时期。然而，这个举世闻名的古代皇都却神秘地消失了。周达观的书，自然成了"天方夜谭"。

这里不得不提一下最终发现吴哥文明的法国人亨利·穆奥。他无意中读到一本关于暹罗的书，对东南亚那些被丛林覆盖的废弃古城产生了强大的吸引力，于是决心走访东南亚。1858年，他来到柬埔寨，旅行的目的是要到柬埔寨腹地丛林中采集珍稀的蝴蝶标本。就这样的一个决定，让他阴差阳错地发现了吴哥。当他把这个惊人的发现公之于众时，所有的人都不相信。密林中还有比巴黎更大的城市？有比巴黎圣母院更大的寺院？人们以为亨利·穆奥一定是热了头了才这样耸人听闻。

这是奇迹。相信奇迹的人不多。我不断想起奇妙二字。生活，它就是旋转的辗轮。千年前的吴哥一转就不见了。几百年后，亨利·穆奥为了追捕一只蝴蝶又发现了它。千年之后，我匆匆赶来此地，这里已是购票入内的公园，眼前满目葱绿，异常安静。神没有了，信仰没有了，那种叫"永远"的东西逝去了。曾经建造它，相信它，把它当神来供奉的人都在很久以前逝去了。只剩下石头。一切的一切，仿佛都在理直气壮告诉我：这里从来就不曾有过辉煌灿烂的城市。然而，它恰恰存在过又像谜一样地消逝了。

石头在废墟上继续微笑。那是千年前的高棉人刻下来的笑。在丛林里，我遇见千年后的这些高棉人，他们衣着朴素。

脸带微笑。我拿他们的柴刀当剑来玩，他们那样羞涩地看着我笑，仿佛我的孩子气超越了他们的想象。我坐在他们中间，感受着他们的微笑。那样的微笑，又引我开始想象千年前的吴哥皇朝。我似乎听见那些微笑着的石头复活了，他们在窃窃私语，我们不要伟大的战争，不要英雄，要简单的和平，要生活，要平凡的每一天。

我不知道我为什么要哭。那天我跟你说笑，到了吴哥窟，我要去找到梁朝伟的那个树洞，说出我的愿望。我到了。走进丛林里的大吴哥。走在热辣辣的废墟上。马匹和狗默默地望着我。就在狗终于结束对我猜疑和观望，忽然便昂首大叫起来。我已经穿过一个石洞，来到另一个院落。我不知道，这里曾经是寺庙还是宫殿。我忽然便撞见了这些惊心动魄的树，它们跟时间一样苍老，比时间更强劲。

我无法想象它们的生长。从石头缝里一直攀墙而上，房屋被挤塌，却紧紧缠住没有坍塌的一部分。有一种奇异的惨烈，惨烈地想要挽留住什么。这种挽留像极了酷刑，令人生出些森寒的恐怖来。像一幅幅千年的遗容，以愤怒偏执的面相留存在这片遗迹里。令人想到变了态的爱情，那样咬牙切齿地抓住曾经爱过的人不肯放手：生是我的人，死是我的鬼！

这是一个没有色彩的日子，我像幽灵一样在遗迹里徘徊，丛林里空空荡荡，世界空空荡荡，我的心也空空荡荡。什么都没有。只有消失。残忍的消失。离开。不知所终。我忽然哽咽。巨大的无可奈何把我紧紧攫住。我像一个孤儿，被遗弃在世界之外。我看见了丑陋的遗容。

在洞里萨河的日子

那些日子,我一直沿着水边走。从湄公河到巴塞河,再到洞里萨河,心越走越空旷。到洞里萨河去看水上人家,去看他们的生存状态。大片大片的简易房浮在水上,吃喝拉撒全在这河里。这么脏的水,不经过滤,竟然可以喝进嘴里去。

看见游船经过,便有乞讨的小船急追过来。这个少女,把船划至我们身边停下,坐在船头,双腿插入水里。她的弟弟被母亲抱在怀里,含着她母亲的乳头。少女与别的乞讨者不一样,她从船里拿过香蕉,想以买卖的方式,从旅行者手中换回一些零钱或他们生活中所缺失的东西。然而,柬埔寨多的是水果,到哪儿都能买到,一路吃过来,谁会看上少女手中那一串被日头晒得滚烫的香蕉?

少女的眉头紧起来,脸上充满生存的焦灼。我给了少女一些糖果和零钱,我没有要她的香蕉。她和她的家人生活在这里，我不知道浮在水上的哪一个房子，才是她栖身的地方。我举起镜头，对准她和她身后的那一片房子，她忽然高举起一条蛇。她让那条蛇缠住她的身子，冲着我的镜头笑。我尖叫一声，吓得差点扔掉相机逃走。她不知道，蛇是我最害怕的动物。少女不怕吗？也许，她是真的不怕。因为这是她生存的一部分。哪怕她怕，也得克服。

我回过头去看她，她已收起那条蛇，脸上绽开的那朵生存的笑容已置换上困惑与羡慕的表情。日头真大，晒得我脸上直出汗，眼睛被刺痛。我终于逃离她与那条助她生存的蛇。

是不是，每个人都有这么一条生存的蛇？你怕它，恨它，厌它……却又不得不与之为伴。这是一条世俗的蛇。它缠着你，不离不休，锲而不舍。你避它，躲它，绕开它，还是不行。在异乡的日子里，我特别想你。我想告诉你，我已彻底放逐自己，离开蛇一样绕住我的世俗纠缠。我只想揣走一份纯粹，只想要一个人的深切交谈。然而你却又一轮折磨我。我知道，你便是我要受的罪，我也正是你在受着的罪。只因为，我们谁都离不开世俗这条蛇的干扰。生活无法清澈。

路上的很多生活场景，我常常会停下来看。对于一个过客来说，这与我毫无关系，那是别人家的生活，我只站在千里万里的世界之外。那天，我偶尔走进一家吊脚楼去讨水喝，女主人十分好客，引你去她家的院子里。她家的孩子真多。她抱着最小的，其他孩子便跟在身后，好奇地看着我。院子里养了许多家禽，鸡、鸭、牛、羊、猪都有。一只出生不久的小牛犊正侧着脸听它母亲窃窃私语。一群鸭子欢叫着，刚从边上的池子里上来，摇摆着身子奔向我，似欲将我团团围住。双腿被蹭得痒痒的，逗得我大笑……

某种熟悉的情愫在心底涌现，我立即重返世界。这似曾相识的院子，应该是我记忆里的一部分。故乡的老屋后面也有这样的院子，对面就有一池水，随随便便地种了些花草，院子里整日放养着家禽。后来，老屋换成了新房，我离开了家。那时年少，离开家乡去别处，是我唯一的愿望。

如今，愿望实现了。而时光是不能往回看的，回过头去一看，你会禁不住打个冷战。这一走，竟是二十年之久，我成了故乡的游子，也许终生都将漂泊在他乡。

我们这一代人，从乡土地里走出来，走进城里，心里多多少少总有些漂泊感的。漂泊对我来说，不仅意味着寻找、抵达，更意味着思念和牵挂。所以，每次一个人走，心里总有点儿孤单和苦涩。但这样的孤单和苦涩，又让人感觉乘着风儿只身去飞行、去漂泊的感觉。这种感觉很奇妙，完全的不务实际，属于纯私人的内心世界，有一点儿文学的感觉。

记得去年，想再次进西藏，去走墨脱，被朋友生生阻止住。他怕我一个人去墨脱太危险。问我，每次的出走，是否已成了一种仪式？我没有直接回答，我向他说起那年走阿里，在生命绝迹几乎寸草不生的雪山脚下，看到一丛丛不知名的植物，从干裂的黑土地上挣扎着开出花来，我忽然感动了，蹲下身去，只想痛痛快快地哭一场。还有一次，走到一个叫日土的地方，去看班公湖，那是与印度交界的边缘地带，居然在路边小餐馆里看到红番茄。我已快半个月没碰水果了。当时我双手捧着红番茄，一阵哽咽，舍不得咬下去……他没有再问。我知道他懂了。他绝不会像别人一样，嘲笑我的行走是为赋新词强说愁的意思。我也时时听他提及，在他的内心深处，也有挥之不去的漂泊感。在两个有相同感觉的人那里，有些感觉会被强化。我承认，自从我开始写东西以来，这些感觉其实都在被我故意强化着。

　　按理，人在他乡漂泊久了，总会想着回到故乡去的。而我，却一点都不曾想过要回去。只想越走越远。与故乡的背道而驰，其实是我有意回避。当下的象山是我无法融入的。我只怀念年少时的那个故乡。这样的一种回避，说白了也是一种占有。把具体存在的象山，化为远逝的影子来占有。如影相随，似梦非梦。影子具有变幻无常的魔力，可以让老屋后院的风景四季如春，让一棵风中花树变成一个舞蹈着的女子的背影。我心中的故乡，就是我记忆的一部分，也是我想象的一部分，它就存在于虚实之间。

　　我的这份占有，也许是病态的。所以有时候，对于迎面而来的家乡，总是抱以推拒姿态。记得前天晚上，在水边的两岸，我听见坐在边上的那一桌人，在大声地说着家乡话，我只淡淡地对身边的朋友说了句，那一桌人是我的老乡。可我一点也不想过去认识他们。朋友笑说我怪人一个，见着老乡没一点感觉。我没有解释，也解释不清。与老乡对上话，完全有可能打破我原有的记忆，把记忆里的故乡进行格式化，然后重整一个面目全非的故乡给我。这是我害怕面对的。是不是，每一个游子，只要出来，就注定无法回去，注定了终生漂泊？

// 吴哥窟·废墟上的千年老树根

吴哥窟的喘息

午后的太阳真是毒辣,吴哥窟似乎被烈火熏烤着。我绕过护城河,走进它,隐约听见它沉重的喘息。那里的浮雕、神像、门柱、石塔、走廊、门楣都已被时间涂成了黑色。这样沧桑的风化了的焦黑色,是我从未见到过的。每一个殿堂都用巨大的石块砌成,高大,敦实,向上伸展,仿佛是为适应神的居住。一种冰凉和厚重感压迫着人。

我走在"人间"。这里的建筑分地狱、人间、天堂。各种肤色的游客从这三重门里走进来,又走出去,带着凝重的表情,一声声地叹息。如果有天堂的话——人们总是这样幻想着。天堂是一个到不了的地方,一个不存在的远方。它不应该在人间。而这里,被柬埔寨人祖祖辈辈称之为天堂的地方,却赫然出现在我眼前。

我一咬牙,往上攀爬。这样的攀爬实在需要点勇气,十

分艰难。通往天堂的台阶格外陡峭,几乎与地面垂直。所以攀爬时必须手脚并用。太阳光直射下来,全身上下都是汗。心惊胆战的,生怕一失足成千古恨。

"天堂"里一片漆黑。是不是它本身就是帝皇的陵墓?我很快往回爬,像是面临死亡前的逃难。太阳光依然强烈,我的眼睛却变得模糊,不知是泪还是汗迷住了我的眼,让我看不清任何事物。

我逃走了。在中国的寺庙,我从来不会想到死亡,但在吴哥,我一走进去,就那样强烈地想到死亡。

我走得很快,穿越过一道又一道深而窄的长廊。长廊里站满了神。每一个石雕的脸,看痴了都像魔鬼。这么说诸神,实在是大不敬。但眼前的神像没有让我产生祥和安宁的感觉,对于他们,只有畏惧。我不知道,其实还有更令人惊怕的东西在绕着我,只是我的肉眼看不见。

有些神像干脆被生生割去了头部,只留一具躯体,挥舞着双手像是

在声讨着什么。从他们断裂的脖子上,我似乎听见千年前的厮杀和挣扎的声音。这些风化的焦黑的躯体,是邪气而又强大的。

对于神迹,甚至巫术,在我的观念里,不是不可以接受,毕竟信仰是一种最大的力量。那么多的人跪在这里,虔诚地仰望着残破不堪的神像,眼角渗出泪来。这是个感应极强的地方,人在这样的地方行走,觉得明显的灵息就在空气里充溢着。

我被一种气氛压迫着,在一尊完整的大神面前停了下来。心中一无所求,只是觉着有莫大的委屈想在大神面前恸哭。我终于没有开口,他当知道我心中切切祈求的几个名字。这个下午,他们正在雪花纷飞的南中国度过一个叫除夕的节日,被爆竹烟花围绕。

我从长廊里绕出来，四周辽阔而安静。太阳在吴哥的墙柱上停了一会儿，便落进护城河里去。天空瞬间变黑。我仰起头，望向吴哥顶的莲花古塔，它们像着了魔似的，塔尖直刺空中，直到天的终极。世界汹涌而去，吴哥生活在我不能明白的历史中。时间停止，人类已经死去。只剩喘息。

我转身，离开，进入另一种时空混乱的恍惚和不能明白。流浪的风，拽起我的衣衫，伴着我慢慢往天边的几颗星星走上去。口袋里的那把旅馆钥匙，被我紧紧握在掌心中。

去巴肯山看日落

我一路小跑着，向巴肯山顶行进，我怕错过巴肯山上最美丽的日落时光。没有想到来这里等待日落的人会有那么多，他们来自世界各地，长着不同的肤色，说着不同的语言，却怀着共同的目标，那样急迫而虔诚地爬上山顶，聚集在山顶的巴肯庙前，等待日落。

巴肯山是暹粒最高的山峰。山上倒塌的古建筑在日落时分充满沧桑感。那么多人聚在一起，坐在千年的石阶上，靠在废墟的神柱前，看壮观的落日缓缓滑入丛林的边缘，那是一个非常神圣的场面。

落日下沉，每一张脸上都闪过最后一抹暗红色的光，随即，庄严和敬畏被夜色笼罩。丛林像雾一样升起。

霞光普照，大地进入柔软时刻，游客安静下来。一位瘦弱的妇女贴着地面朝我这边移动过来。我惊异地发现，她是在用双手撑着地走路。她的双腿尽失！她是怎么上得山？又是如何爬上这巴肯山的顶峰？最陡峭的台阶几乎呈九十度。她朝岩壁跪下去。其实那也不叫跪，她已没有腿。她只是双手合十，让自己低下头颅，尽量贴着地面，嘴里念念有词。我听不懂她在念什么。但我知道她一定在祈祷，向上苍求福求财求平安。她跪着，跪在余晖的光影里，变成了一团模糊的影子。

  眼前的一切，像是一个浓得化不开的梦境。梦里幽幽暗暗，伸手讨钱的苦孩子的脸在镜头里不时闪现，被地雷炸断了手和腿的残疾人围坐在一起，奏起听不懂的音乐，缠绕着人，哀哀不休。有种喘不过气来的感觉，感觉无法尽述，形不成语言。但仍然以文字的形式记下这些。然后，劝自己急忙忘掉。

吴哥若梦

　　我寂寂地行走在吴哥,像一个失了魂的人忽然走进了远古的梦里。王家卫的电影骗了我,我没能找到梁朝伟用来倾吐心事的树洞,也没能找到传说中飘满纸条的哭墙。

　　然而,我依然在寂寂地寻找。我穿过广阔的丛林,走上古老的城墙。千年之前,这里曾是点将台和大象角斗的广场。吴哥王朝的君臣将士们,曾一次次地聚集于此,点将出发,或在此观看大象的逐斗。广阔的平原和坚固的城墙处处体现出一种属于男性的力量。

　　这个男孩,他忽然挣脱他母亲的怀抱,从点将台上朝我奔跑过来。他认识我。在这之前,我给过他一颗棒棒糖。与他告别后,我去别处溜达了一大圈,又转回此地。他居然还在,居然还认出了我来。我蹲下身子,张开臂膀抱起他。

　　那个时刻,我已从一个旅行者的身份立即转换成了一位

母亲，他让我显出了母性的本能。我一路木然的表情，瞬间变得灿烂动人。他紧贴着我，这种毫无顾忌的完全的信任让我心生感动。

我抱着男孩的身体呈现出了一种自然而然的柔软曲线，这曲线是为了迎合怀里的男孩，让他觉得舒适。两个拥抱着的人，只有他们自己知道，什么样的姿势才是最紧贴最舒适的。

这样的曲线，让我想起八卦里的阴阳。八卦把阴阳两界画成那种曲折变换的柔软线条，真是妙得天机。人的本性其实是很模糊的，暗藏的本性会随时因为眼前不同的人和流动的事物，而不断发生变化。遇到男孩的瞬间，我只能是一个母亲，而不是一个孩子、妹妹、情人或者其他的任何角色。

我们站立的这块土地，它也许从来不曾拥有过这般柔软的曲线，因为点将台和大象的角斗场，是绝不允许出现这样的曲线的。不管人或大象，在角斗开始之前，就必须用意志力把阴阳两界之间的曲线强制地掰成直线。像钢铁一样告诫自己，直线代表敌我分界、生死分界。出现任何的柔软与曲线，只会导致灭亡与失败。

那么，直线，在某种时刻就代表了一种暴力。它只肯定一种存在，一种方式。事实上，在我们的生活中，绝对的直线和被直线隔开的对称，是多么的畸形和单调。无数的直线造成了我们人性上的压抑。却仍然有那么多的人，坚持着用直尺一样的标准测量着这个世界，判定着我们的人性。

每一次路过街头或公园，看到被花匠们用粗大的铁器修剪出来的形状大小都一致的花草树木，心里总会有噩梦般疼痛的感觉。我不知道还有多少人，在尊重一棵任意生长着的花草的美？又有多少人，懂得去尊重暗藏于我们生活中的那些柔软曲线的美。

在另一个安静的午后，我被热带丛林的太阳追逐，匆匆路过柬埔寨的一个小村落。我戴着墨镜，围着遮阳的花头巾，身上微微冒着汗。行色匆促间，不时停下脚步，在房舍与风景之间按下快门。

你拍这么多照片有什么意思呢？有人曾经这样问过我。我无法回答这样的问题。摄影家走出家门，带上相机出去采风，相机在他们手里就像一把刀，随时准备把世界肢解，他们太清楚在这个世界上什么有意思，什么没有意思。

有先锋一派的人，他们走遍世界去寻找无意义的事物，他们拒绝风景，拒绝新闻，只图感受。因此，他们拒绝相机，拒绝拍照。他们太知道这个世界的有意思和没有意思。而我，是一个不知道的人。我既不是摄影家，也不是先锋派。

拍下这张照片的时候,我只是看见。我看见了,我按了快门。我是在按下快门之后,才去解析图中的意思的。我把它命名为"祈祷"。

那个赤着双脚、身穿黄袍的出家人,是从我身边翩然而过的。绿荫下的一扇门"吱呀"叫了一声,一个白了发的老妇人,从门里闪身而出,迈着碎步轻快地跑过来,跑至一半,弃去拖鞋,赤脚走近出家人,虔诚地跪下来,口中念念有词。我站住,我听不见她在说什么,也看不清她脸上的表情,但我断定她是在祈祷……这样的画面,于一个异乡的女子来说,充满神秘,令人感动。

我像一个行走在他乡寻找故事的人,带着无言的爱,和那个老妇人一样,内心充满虔诚与祈祷。因为祈祷,生活还可以继续,不管这个世界有意思还是没有意思。在那段午后长长的时光里,一些词汇开始涌动:飘摇、恍惚、美丽、忧伤、孤单、心似苍穹。

柬埔寨的村落里,仍然留有战后的残骸:疯狂浑浊的河流,被炮火烧焦的受难的丛林、死掉的树,像烟囱一样黑。

1998年的最后一场战争结束,现在平静了。我走进摇摇欲坠的吊脚楼,树叶遮挡着四壁。那里住着穷人,还有瘦成一把骨头的狗,嗡嗡叫着四处狂舞的蚊蝇,这样的感觉是无法讲述的。悬在空中的太阳,随意散发着热毒的气流,令人窒息。

我无法独自一人待在这里,我的每一根神经都将处于默默的崩溃之中。我下楼去路边,走向一个小小的水果摊,我想买点水果。热带的水果特别甜,我天天买。

一个女孩羞涩地走出来,好奇地看着我,我蹲下身去跟她打招呼。她母亲告诉我,她刚满十岁。那么说,她正出生在1998年。也许她出生的那一刻,炮火正在空中轰鸣,房屋在倒塌,风在嘶吼。她在母亲的战栗和恐惧中来到这个世界。在襁褓之中,就开始经历灾难,跟亲人流离失所。

　　战争过去了。她活了下来。跟所有劫后余生的生命那样,重新生活在伟大的平凡之中。她跟着她母亲卖水果度日。

　　她在水果丛中,羞涩地笑着。她的笑光彩夺目,像水晶,无邪得令人心生感动。

四面河边的面相

暮色降临,四面河忽然便热闹起来。四面河呈一个大大的 K 字形,是洞里萨河、巴沙河和上、下湄公河的汇合之处。宽阔的河床上,汇流着臭而脏的水。不知哪里涌出来这么多的人,像赶集一样来到这里。

最多的应该是游客,他们坐在长长的河边,享受柬埔寨风情的傍晚。小贩们头顶着各种水果和零食,在人群中穿梭往来。河边的小寺庙,人们带着虔诚的面容,排着队进去烧香供佛。寺庙的栏杆外,就地坐着柬埔寨的老人、孩子,还有敞着怀喂奶的妇女,他们都在等待着人们的施舍。是不是他们以为出入寺庙烧香拜佛的人们,总是存有一颗怜悯之心?

还有一些脸庞黝黑的中年男人,他们双手摇着三轮车,载着自己残废了的身体出现在人群中,他们都是被地雷炸断了双腿的人。也有断了一条腿的,便拄了拐杖,用那条健康的腿一跳一跳地走出来,另一条断腿肉球一样悬垂着,令人触目惊心!他们的过去是不堪回首的,眼里盛满苦难,残废的身体可以证明。然而,游客们早已麻木了,更何况他们顾不过来,要施舍的对象实在太多。

  我从路边的摊点匆匆走过,不敢多作停留。怕看多了,心里发毛、呕吐,那些张牙舞爪的黑蜘蛛、黑壳虫、蟑螂、蝉,还有一些叫不出名字来的昆虫,都被煮熟了,一筐筐地端出来卖。我不敢想象,把这些虫子送进嘴里去,需要多大的勇气!然而,很多人还是吃得津津有味、面不改色。

  熙熙攘攘的活着的人群,堆积如山的昆虫的尸体。死是简单的,活着艰难。假如人与虫子一样活着,虫子一定比人轻松。我举起相机拍下那些虫子的时候,忍不住胡思乱想。

  然而孩子们还是把这里当作了天堂,人多的地方总是热闹的,对孩子来说,热闹等同于乐园。我看见一辆摩托车上坐着三个孩子,坐在最前面应该是最小的妹妹,她张着嘴,等着身后的哥哥舀布丁一样的东西给她吃,坐在最后的那个男孩,转过身去等着他们的父亲买零食回来。不知哪一种昆虫将进入这些孩子们的口中。

  至少这三个孩子是快乐的,知足的。然而,这样的一份快乐和知足依然说服不了我,我像一个需要抚慰的人。在我眼里浮动的异国景象,它已失去应有的异国风情,倒像一个坏孩子,不修边幅,粗粝随便,有一眼望穿的穷。这样的穷,有着脉络刀砍般清楚的痕迹,那是战争留下来的面相。对于这些异色的面相,我不想深入,我只觉得这里的一切与我缘如薄纸,不能唤起我投奔或穷究的冲动。

  我只想离开,尽快离开。直至今夜,当我再次打开这些图片的时候,才又对这场相遇拥有了深浅描述的愿望。

巴亭广场的早晨

赶到巴亭广场,是越南时间六点五分,升旗仪式在五分钟前结束,红旗在晨雾里飘荡,仪仗队迈着整齐划一的步伐离去。

这是个模糊而轻柔的早晨,心里有一点点遗憾。然而,这样的一点遗憾却被眼前的一群花样女子所取代。她们身穿越南国服,集体来到巴亭广场,从西贡过来参观胡志明陵墓。

来越南之前,以为满大街都能见到身穿国服的越南女子。到了越南才知道,身穿国服在街上行走的女子,就如身穿旗袍在大街上行走的中国女子一样稀少。

在这个巴亭广场的早晨,我没有赶上升旗仪式,却忽然撞见一大群身穿国服的越南女子,真的像梦一样。

她们排着队,一张张笑脸看着镜头。她们的身后就是胡志明陵墓。胡志明于 1945 年在这个广场发表《独立宣言》,宣告共和国诞生。1969 年胡志明逝世,那一年的越南还未解放。人们把他的陵墓修筑在这个广场上，遗体永远供人瞻仰。

　　我在20世纪70年代出生，自我懂事起，就听大人们断断续续地说起越南。越南在我心里，总是与战争、炮火连在一起。上一辈人的口述，把越战的记忆分割成一张张恐怖的图像：一个断了腿的男人在地上挣扎；一个裸体的少女在硝烟滚滚的大道上恐惧地奔跑着；一个母亲抱着刚刚被火烧死的孩子痛苦得流不出眼泪……

　　三十年前的某一个早晨，越南的巴亭广场曾在硝烟中哭泣。三十年后，同样的早晨，我眼前的巴亭广场在微笑。

　　那些越南女子穿着的国服，很像我们的中国旗袍。她们的脸长得跟我身边的姐妹没什么区别，一样的亲切，似曾相识。她们同意我拍照，并与我相拥着互留合影。如果我换上一套越南国服，一定不会有人认出来我是一个来自中国的女子。

　　然而，我的着装，成为我们之间的区别。人类总是喜欢以分类的方式割裂着这个世界。就算在同一个国家，也存在着分类。1965年，越南被分类，北越、南越，分类的工具不是着装，而是炸弹和枪炮。

　　在巴亭广场的这个早晨，我用相机记录下这些越南女子的微笑和她们柔软的身姿，如同我途经的那些热带丛林，同样柔软、丰盈。我不明白，如此柔软的土地，怎么会变成残忍的杀场，出现那些铁的镜头？

在河内，邂逅一条不知名的街道

　　我并不知道这条街叫什么名字，我只知道它在越南河内的某个繁华区域。有一个晚上，我经过那里。街道上的路灯似乎从天而降，但给人一种幽暗的感觉，昏黄暗红。

　　饭店、酒吧、咖啡馆一家家紧挨着，闪烁着光芒。光的内部，都是黑暗而陌生的洞穴，深邃而不可知。玻璃窗内映出些风格独具的脸孔，听不懂的声音在暧昧地响起。每一家都有完全不同的布置和情调，一切都像是假的，是用来制造某种诡异的越南气氛的。行走其中，会有这样的感觉：觉着某些事情正在发生，而我穿越其中，却完全被蒙在鼓里。

　　我走得很快，手里抱着一大包刚买来的波罗蜜干，匆匆穿越那些或明或暗像洞穴一样的门和窗。行人交织，他们拖着橡胶拖鞋，把水泥地打得"踢踏"作响。无数的摩托车发出刺耳的声音，蜂拥着呼啸而过，疯快的程度令人惊恐。

　　摩托车在街道上排着无序的队，等着红灯变成绿灯。我举起相机，调光，按下快门。然而，就在我调焦距的时间里，绿灯已亮起，扫荡一样的摩托车早已呼啸而去。一辆大巴车亮着两团模糊的光，撞进我的镜头。还有一个异国男人，不知他从哪个阴影里走出来，也在我的镜头之内。

就在按下快门的瞬间，我的本意被切换。我感受到的繁华和嘈杂被另一种图像无声地表达出来。它分割了我的记忆。像是虚构的景。然而它却是我亲手拍下的，一个与可见的环境交织在一起的瞬间，它是真实的。

当我回到旅馆，把相机的照片导到电脑里放大，我潜伏内心的某种感觉也忽然被放大。这张照片触动了我，它让我感受到了一种孤独和宁静。一辆夜晚出发的巴士，一个匆匆而过的异国男子的背影。我相信他一定和我一样，穿一双旅游鞋。因为他进入我的镜头时，在我的记忆里没有橡胶拖鞋拖地的声音。

如果不是这张照片，我根本不会拥有这个瞬间，也不会有这样的记忆和感受。我忽然觉得，有时候我们手中的镜头，在记录下瞬间的同时，也以它独特的视角叙述了另一种行动。它让人感觉到一种无所不在的控制。它让你生活在瞬间，同时又迫使你从宽泛的视觉里缩小，去看其中的这一瞬间。它像一只眼睛，跟着你漫游世界，你让它参与，它却偶尔将你拒之门外。

去西贡

　　去西贡的路上，吃坏了肚子，全身虚软无力。我生起病来了，这是我最怕的事。我感到绝望，心情变得压抑多疑，总在床上胡思乱想，想象在病中某人突然会来到我床边，照顾我，并与我说笑。仅仅一桩浪漫事也可排解这种绝望。

　　睡了一天一夜，仍不见好转。开窗，新鲜的空气灌进来。我还是决定去湄公河，这是我这一趟行程的主要目的。

　　两个多小时的车程，双手紧捂住肚子，没有放下来过。发现自己一夜之间竟成了一个自虐狂。

　　湄公河流经中国、泰国、越南、缅甸等六个国家，但总觉得真正意义上的湄公河，应该在西贡。因为杜拉的《情人》。湄公河在中国云南，不叫湄公河，它叫澜沧江。就凭这名字，就象征着勇猛，湍急的流水饱含着青藏高原的澄明和神圣，蜿蜒千里，来到越南这块土地，却变得无比宁静柔美，像一个沉静熟透了的女人。是不是这样，杜拉才选了这里的水,让爱情开始?

上船,渡过对岸去。只不过一小段时光,更像一个仪式。肚子竟然不再闹。心越来越空旷。坐在船上看浑浊的水体向后破开,感受那些吹拂着我的头发的微风。有船经过,身体便随着船身不断晃,荡得船下的水也兴奋不安,又轻又柔。隔壁船上摇橹的女子的声音在身边低语,她翘着首,眼望远处,像是在等待那个书中之人,或者想象着自己也成为一本书,遇上一个像杜拉遇见的那个中国北方的男子一样,来爱自己,读自己。

掬一把湄公河的水,河水真是浑浊。水下一定藏有无数的鱼,就像许多故事亦在此生长。只是看不见。这儿人说的语言我听不懂,否则我一定会听到好多故事。

那一刻,我在想,若是他在身边,必然不一样。就在这时,一个男人坐着船经过我,他朝我看。我侧过头去,一只载满各种水果的船,隔开了我们。等那船过去,已看不见那个男人。我的目光弄丢了他。不,是我弄丢了我自己。

明明是个艳阳天,转眼却下起雨来。雾一样的雨在河面上飘,水椰树宽宽的叶子湿得发亮,突然有一个戴着斗笠的越南姑娘摇着橹与你擦身而过……这一切是无法解释的。如同我的失语。因为失语,因为没有熟悉的人,才可以正常地引着比喻,不带酸酸的浪漫劲。

船在河里突突突地响,渡过来,又渡过去,哪一艘才是杜拉的渡船?还有,那个记忆里的拥挤的码头呢?

暮色降临。灰色的天空,灰色的湄公河。我坐在船上望着那条河流。风平浪静。能看见一些旧事物在水上闪着光。

船上有干净小巧的房间。一个老板和三个雇员,说话走路都光着脚,轻缓小心,亲切自然。几个中国人在船舱中央唱卡拉OK。声音高亢激情,仿佛没有这样的声音便不足以抒发自己的情感。响亮已是中国人的习惯。直至深夜,声音才消失。

我没有睡意。在上渡船前,我想应该买顶男人的礼帽,好在这个时候戴上它,最好把头发也梳成两条辫子。然而,我只是安静地靠着甲板,凝望着水面。河流早已在黑暗里消失,我看着孤单一点一点地,向我靠近,将我重重包围。

我对自己说,以后一个人出去,一定不能在船上过夜了。真的害怕,一个人在黑夜里飘着荡着浮着,体会一份靠不了岸的凄惶和无助。

一直不能入睡。

终于。终于。夜晚站起身,远离了大地。我吁出一口气,走上黎明前的堤岸。

一个姑娘向我走来,戴着一顶伞一样的草帽,脖子上挂着一个木盒子,微笑里有清新的露珠。是一个缅甸姑娘。她羞怯地站在我面前,用汉语问我,要买烟吗?上好的烟丝,自己家里种的。

忽然便有些感动,一口气买下来十包。咖啡色的,粗大如雪茄。

在另一个夜晚,湄公河边的旅馆里,我点燃了一根烟,仿佛燃起一个梦。那个夜晚,有一种说不清楚的感受,无以言传。很多时候,我们的语言无法说清楚心的存在,可我们能感觉到心是什么。

樟木口岸

从樟木口岸至聂拉木海关,只十块钱打的费,车子是破烂的烧柴油的小面包车。

过了聂拉木海关,再继续搭车去友谊桥,车费仍然是十块。至友谊桥,车子过不去。因为,友谊桥是中尼交界之处,过了那桥,便进入尼泊尔的边境了。

我拖着箱子,从桥上走过去。桥架在峡谷两端,有溪水在桥下流过。峡谷两边的绿色丛林里,偶尔惊起几只飞鸟。如果不是有那么多的人,以及杂乱无章的摆设,这里应该是个不错的幽深之处。

桥上往来的人们,穿着不同的服饰,说着不同的语言。他们是来自尼国,以及中国边境的一些农民和小贩。他们追着我,问我需不需要兑换钱币。那天,人民币和尼币的比率是1∶8.83。我向他们换了五千块人民币,口袋里立即变成了四万多的尼币，感觉突然暴富了一样。

尼泊尔海关，就设在友谊桥旁边。过关手续非常简单。我在杂乱无章的海关口，寻找去尼国的车子。

很多货车和出租车，横七竖八地停在泥泞的山路边。司机和行人穿梭其间，到处都是讨价还价的声音。

山路两旁的小木屋，破旧简陋。门口摆放着一些水果，香蕉吊在屋檐上，风一吹，便摇摇欲坠的。可能是雨季的缘故，那些木屋的低部全是腐烂的。我从那些木屋前走过，感觉只要再来一场风或一场雨，随时便会倒塌。

一些尼泊尔军人，全副武装地坚守着关口，神情相当肃穆。我在拉萨的时候，便听人说，从樟木去尼泊尔的路上，设有许多检查站，需要下车接受检查。检查时，会将箱子里的东西一次次地全倒出来，翻得乱七八糟。那些军人，都是荷枪实弹的，随时会对不法分子进行处置。有经验人士悄悄告诉我秘诀，就是身上准备一些零钞，随时塞些小费给军人，可免去一路检查之苦。

或许是我运气好，我所搭乘的出租车里，有一个尼泊尔人，他常来往于中尼边境做贸易生意，说得一口流利的中国话。车子价格也是由他和司机商谈好的，我和另两位中国人，每人出七十块人民币，三个多小时把我们送到加德满都。

因为有他的存在，我们一路畅行无阻，他和每一个关口的军人都很熟。他成了我们的通行证。如果没有他，我不知道会出现怎样的麻烦。三个多小时的路程，有六个检查站。意味着每隔半小时，我们就得接受一次检查。

破旧的车子，一直在峡谷山路上盘旋，在躲过一次又一次的检查之后，心里突然便有了种偷渡的感觉。那是一种侥幸的快乐！

　　出租车在崎岖的泥路上颠簸，从车窗外望出去，尽是成片成片的绿油油的农田和低矮的小楼房。远处的雪山清晰可见。感觉我们的车子，一直是在雪山脚下的一个绿色大泥锅里兜圈而行。坐在前座的尼泊尔商人告诉我们，尼国并不富裕，连首都加德满都，也很难找到超过六层的像样的建筑。但是，这影像反倒让我体味到一股浓郁的乡村气息。对于我，一个在农村里度过整个童年的人来说，这种气息，有着扑面而来的熟悉和亲切，就如突然回到了久别后的外婆的家乡，那个古旧而淳朴的村庄里。

　　在经过最后一道检查站后，我们的车子已驶进了加德满都的街道上。举目望去，全是熙熙攘攘的人流和破旧的车辆。车子排出的尾气散发出刺鼻的柴油味，令人很不舒服。尤其是迎面而来的Tata，那种巨大的卡车，据说是尼泊尔人从英国进口来的,鸣着特有的旋律的高音喇叭,吱嘎吱嘎地从街道上呼啸而过,让经过它的人,无可避免地受到震耳欲聋之罪。

随时都能看到持枪的绿色军人,他们或成群结队地游走于街道深处,或警备森严地侍立于某个屋檐之下,神情肃穆。一路上遇到的交警,大都戴着雪白的口罩,站在十字路口指挥着来往的车辆和行人。

已是黄昏。绿油油的农田,被眼前的城市所替代。远处的雪山已在黄昏来临前,掩映于灰暗的云雾之下。而我,忽然便置身于这个灰土尘烟的城市里。从那些废墟般的建筑中,我看到了贫穷和杂乱无章的另一种生活。

我站在加德满都的街道上,回想起半个月前的那个太阳很好的下午,我在西藏的定日,站在喜马拉雅山的北边,仰望八千多米高的珠峰的那一刻。我想象着另一面的珠峰,想象着被喜马拉雅山环抱中的另一个国度,以及生活在那儿的人们。一种想越过喜马拉雅的诱惑和心愿,就是在那个阳光温暖的下午,突然而至的。听说地球上最高的十座山峰中,有九座山峰位于尼泊尔境内。这个位于中国和印度之间的小小的国家,长年被连绵的雪山包围,却四季如春。我把它想象成天堂的另一边。

// 湄公河上的水果船

// 加德满都

加德满都

刚进入加德满都,心里真的有些怅然若失。又加上语言不通,有一种身心俱累的感觉。

住进泰美尔(Thamel)街的那家旅馆以后,才慢慢开始喜欢上尼泊尔这个国家。到最后几天,还真有点赖在那里不想回家的欲望。

泰美尔是加德满都最热闹最中心的地方,有点像北京的三里屯。司机将我们带进泰美尔,并帮我们找到了一家中国人开的青年龙游旅馆。

那家六层楼的旅馆像一个小花园。整面的墙都被开满紫色小花的藤蔓覆盖。每一层都有露台和敞开的走廊,种满各种花草和盆景。白色的圆桌和木椅子,静候在这些花草中间,供人闲坐休息。这样的旅馆,没有逼人的奢华和阔气,却有着回到家的温馨和自然。

我的房间在六楼顶层，是个单人间。房间不大，有独立卫生间，有热水可以洗澡。一桌一椅，一个带有镜子的半旧的木头衣柜，静静地侍立在墙角。从房间侧门走出去，是一个小巧玲珑的阳台。站在阳台上，可以瞭望远方的雪山和大半个加德满都。我把行李扔于地上，整个人腾空而起，跃于洁白的床单上。我的旅途疲惫在走进这个房间之后，已消除了大半。这多像女孩时代的闺房！而这样的房间，却只需要三百尼币，相当于人民币三十四块左右。我像捡了大便宜一样，忍不住想笑出声来。

　　痛痛快快地冲了个热水澡，在换衣服的时候，突然觉得不必再换上厚厚的毛衣和外套了，心里一阵狂喜。想起十几个小时前，自己还在荒雪漠风的中国藏北无人区里跋涉，此刻却已站在人满为患四季如春的加德满都，站在一个异国情调的温暖的旅馆房间里。我穿上从家里带来的旗袍式短袖上衣。那凉滑的丝质面料，以及玫瑰花的图案，令我的心情一下子喜悦起来。我用毛巾擦着湿漉漉的头发，站在阳台上，看掩映在灯光下的加都街头。心里想着应该先去泰美尔街逛逛，还是先去找一家餐馆好好吃一顿。

　　于是我从箱子里找出地图，那张地图铺在床上，跟床一样大。我趴在床上，对照着中英文，开始细细地研究地图。独自一人出门远行，我懂得最要紧的是地图，钱，还有自信。特别是在这个讲外语的地方，我像被逼急的兔子一样，不得不逼着自己，认真地去地图上找到自己需要去的那个小圆点。而在中国，我从不看地图、我是个看不懂地图，辨不清方向的人。

　　我趴在床上，将一张地图看得昏天暗地的时候，忽听有人轻声叩门。会是谁呢？我从床上一跃而起。

　　是一个高个子的年轻男人，看上去非常的干净而阳光，令人赏心悦目。他说，他来自中国上海。是前台告诉他的，说601房住进来一位中国朋友,便上来看看。他说话的时候,自然而然地夹着些英文。那时我就想,眼前的这个男人,一定是长年流浪在国外的驴子。

果然如此。最近他想游遍尼泊尔,便在尼泊尔接管了这个旅馆,边赚钱边旅游。他叫Alex,中文名"大勇"。他在尼泊尔已待了很久了,有什么事需要帮忙的,可随时找他。说完,他对我笑笑下楼去了。这是我来尼泊尔的第一个傍晚,遇上一位主动要求帮助别人的中国男人,多么美好,心里一阵温热。

我欢呼一声,放弃在地图上的苦苦寻觅,将所有的问题攒起来,一个个去问大勇。住在龙游旅馆的那些日子里,大勇成了我的活地图,帮了我很多忙。

和我一起搭车来的那对中国情侣,也不嫌弃我做他们的电灯泡,出门时总是热情地过来邀我同行,令我心存感激。我不知道为什么,在我生活的城市里,人与人之间的交往,总是带着些冷漠和隔阂,而每一次在旅行中遇到的,却尽是一些热心肠的人们。在一些全无背景的旅游者之间,我发现人与人的心,原来也可以靠得非常的近。也许旅行中的人,在经历了一些事情,看了更多的世界之后,慢慢地变得更成熟,更宽阔,也更为沉静了。

泰美尔街

从旅馆走出去,便是无比热闹的泰美尔街道。这里是游客的购物天堂。有许多尼泊尔特色的银器、围巾、木雕、唐卡等,将街道两旁的店铺布置得琳琅满目。我决定先去逛会夜市,再吃饭。

到尼泊尔之前,听说这里的东西很便宜,很地道,心中早已充满无限向往。但是逛了一圈后,大失所望。一些银器饰物,虽然便宜,但都做工粗劣,买了也不会戴。逛了几家户外用品商店,想为自己买一件有异国风情的休闲服。好不容易看中一件,谈好价格,细看产地,写着 china guangzhou,心里暴寒半天!

但一些女人用的围巾和沙丽,却都是出自尼泊尔手工缝制的,非常的漂亮而有特色,价格又便宜。我一口气买下了很多厚薄不一的围巾和披肩,揣在怀里,满心满肺的喜悦。

那一刻,一个人走在异国街头的心情,就像一件薄薄的衬衫泡在大盆清水里舒展漂荡着那样。步伐也变得轻盈无比。

街道两旁的人，都极为友善温和。就连荷枪实弹的绿衣军人，在美好迷离的霓虹灯下，仿佛也放松了警惕。遇到像我们这样的外地旅客，也都会投来友善的微笑。可能是那天，我穿着一件旗袍式真丝上衣的缘故，看上去一定很有中国味吧。好几个人都朝我的衣服看一眼，继而肯定地问我，你是中国人吧。我笑笑说是的。在尼泊尔，对中国人是非常友善的，据说对日本人就没有这么友善。

我发觉站在店铺里卖东西的人，大都是年青的尼泊尔男人。那些男人，长得非常养眼，个子高高的，鼻梁挺拔，大眼睛，长睫毛，帅气得很！所见到的尼泊尔女人，长得就不如男人，多数过于丰满。尼泊尔的老人看起来个个精神矍铄，隐隐中透露着长者的威严和尖锐。最喜欢的是尼泊尔的小孩，特别的可爱精灵。遇到他们时，总是好奇地跟着你看，一双眼睛眨巴着，像是会说话。

泰美尔区有非常多的小餐馆和面包店，那些面包店，听说到了晚上九点以后，就一律半价。但是，辛苦了一天，很不愿意去啃一个面包充实自己的胃。于是，开始找餐馆。有很多的小餐馆，看上去很平民化，小门垂着脏乎乎的门帘，感觉有些诡秘，不知道里面的世界如何，一个人不敢进去。

后来给那对中国情侣打电话，他们说正在杜巴路(DurbarMarg)的一家酒吧里，并推荐我也去那里。

杜巴路(DurbarMarg)是泰美尔区的一条街道。那一带有不少的高级餐馆和酒吧。是外国游客云集的地方。

我走进一家露天餐馆，忘了餐馆的名字，但永远记得那里的牛排和蛋炒饭。随着服务生的指引，我在一个种满花草的露台上坐下来。露台上已坐了一些来自国外的客人,说着不同国家的语言。那一刻,很希望在人群之中,会有一个中国人。不过,点了一份牛排,坐在那儿等待的时候,感觉非常的安静和自由。一个人也不错。我大口大口地呼吸着新鲜空气,空气中有清凉的花香,那感觉真是令人沉醉。

  牛排是由一位非常帅气的尼泊尔服务生端上来的,闻到香味,我的肚子更饿了。我优雅地从他手中接过刀叉,开始从容地享用我的晚餐。但是,那块牛排像是和我作对似的,老得切不开,好不容易切下一小块放进嘴里,嚼也嚼不动。

  没办法,只得叫来服务生。解释半天,听不懂。最后用刀在牛排上乱划,才让他知道牛排太老了。他摊开双手耸耸肩膀,看着我笑。

  后来,我才知道,尼泊尔牛排四五成熟时,就相当于我们中国牛排的七成熟。我点了七成熟的牛排,当然会被做成嚼不动为止了。想想也是好笑。

  知道我是中国人,服务生拿了另一份菜单来。也许是来尼泊尔旅游的中国人比较多。那份菜单上有一部分被直接译成了中文。服务生将这份菜单交给我的时候,我看到他的脸上有着刻意讨好的笑容,

// 尼泊尔街头

在这样的笑脸下，再大的脾气也会被消解掉。

我无意中看到菜单上写着蛋炒饭，便立即要求来一份，简单快捷，我实在是饿了，只想尽快填饱我的胃。

蛋炒饭终于等到。我看到那个服务生像是跑着过来的，想必他也知道我饿了吧。

灯光下的饭粒黄黄的，原先还以为是鸡蛋的颜色，一尝才知是咖喱粉。再往下扒，在米饭底下，扒出一个熟鸡蛋，像是中国的荷包蛋做法。原来这就是尼泊尔厨师以为的中国蛋炒饭！一边吃一边想笑，但身边没人，便只得生生将笑噎了回去。

也不知道为什么，吃好饭，走在杜巴路上，感觉非常快乐。

在加都的慵懒时光

很快,我喜欢上了在加都的日子。大部分时间里,我都懒懒地坐在种满鲜花的旅馆小阳台上,看看书,听听音乐,饿了就去楼下餐馆里吃点东西,肆意地挥霍着时间。

我能够感觉到,有一种温馨而哀愁的气息,在这个干净的旅馆房间里升起来,在我的心里升起来。有时坐在阳台上看一本书,看着看着,书页上的字便模糊了。有一些往事穿行其间。

加都的天气,早上和傍晚都是雾蒙蒙的,有点像杭州的三月天。但中午却烈日当空,紫外线特别强。

每天在旅馆楼下的餐厅里,总能看到一批乱乱的年轻游客,从世界各地来到这里,眼里充满激情和向往,手里紧紧握着一份厚厚的自助旅行指南。一批看熟的旧面孔离开了,留下一声再见,一声祝福,便各自汇入人海,流散到世界各地。真的是萍聚萍散。

我与世无争地度着日子,慵慵懒懒的。差点忘了,我此行的最初目的是看一看南面的珠峰，看一看喜马拉雅山上壮观的日出。我想，我该去纳嘎扣特了，那是看珠峰和日出最好的地方。

去纳嘎扣特前，我又踱步去了杜巴广场和猴庙。加都很小，踱步完整个加都，也就一个下午的时间。

尼泊尔是个宗教色彩很浓的国家。也是唯一一个佛教与印度教和谐共处的国家。在加都街头，几乎每隔百米，就能看到一座寺庙。在较大些的寺庙附近，有一个硕大的浴池。附近的居民便在此浴池里洗澡和洗衣物，男女混杂一起，习以为常。

在这些寺庙林立的街道中，随时可看到关于安全套的广告牌，其开放的程度令人吃惊。

杜巴广场（Durbar Square），即皇宫广场。这里囊括了尼泊尔16世纪至19世纪之间的古迹建筑。众多寺庙林立于此，没有围墙，有点像集市。很多当地人坐在寺庙的台阶上休息发呆。这里的寺庙只对外国人卖票，一张票可以多次进出观赏。很人性化。

在很多庄严神秘的庙宇殿堂的梁柱上，雕刻着一些纹理清晰、摆着各种姿势的欢喜图。这再一次令我吃惊。由此看来，"性"在这个神秘的国度里，并不是一件神秘的事情。

童女神庙（Kumari Bahal）也在此地，看上去很古朴。据说里面居住着尼泊尔的女活佛库玛丽。因为时间关系，那天未能见到女活佛，但她的照片却到处都有。就在庙宇前面的广场上，就有很多小孩拿着她的照片在叫卖。

照片中的女活佛，是一个化了很浓的宗教色彩妆的女孩，脸上毫无表情。女活佛的地位非常的高，连国王也要对她进

行朝拜。她在两三岁的时候就被选出来做女活佛,脚不能入地,也不能出血,到十几岁来初潮时,即被宣布退位。那些女孩,大都只能孤老终身,因为没有人敢娶一个女神回家。

庙宇前的广场上,到处都是野狗和鸽子。它们睡在温暖的阳光里,没有人会去伤害它们。醒来时,自然有人喂它们东西吃。它们把日子过得幸福惬意,逍遥自在。

从杜巴广场出来,爬了很多台阶,来到了猴庙(Monky Temple)。它的原名叫斯瓦扬布纳特寺(Swayambhunath),由于山上有很多猴子,所以叫它猴庙。这里的猴子成群结队,但都自管自地,不会抢路人的东西,或过来向你讨东西吃。也许在尼泊尔,猴子是被尊为神灵的,所以摆出的姿态也不一样。猴庙地势高,站在庙前,可以鸟瞰整个加德满都。

最令人难忘的,是山上那双俯视整个加都山谷的眼睛。我在出发前的旅行指南上,看到过它的图片,但当我真正站在它的对面,仰视着它的时候,整个心灵都为之震撼。那是一双会看到你心里去的眼睛。它微笑着,无论在哪个角度都能与你对话,听它讲述平和与宽容,以一种空灵的圣洁的梵音。

一路上,我遇到不少当地的人们,他们远远地送过来一句:"Namaste!"("你好"的意思)。这也是这几天来,我跟他们学得最熟练的一句话。总觉得尼泊尔的人,很容易相处,也很容易让人接近。他们的脸上,总是挂着谦和满足的笑意。一个对生活感到满足的人,才会对别人表示出最大的友善。

纳嘎扣特

在一个阳光很好的下午，我来到了纳嘎扣特 (Nagarkot) 山顶。纳嘎扣特和喜马拉雅雪山遥遥相对。天气晴朗的时候，能非常清楚地看到东侧的珠峰、圣母峰，西侧的安娜普娜山群，以及从喜马拉雅深处冉冉升起的壮丽的日出。站在喜马拉雅的南面看珠峰，是我来尼泊尔最初的愿望。

也许心里揣着一个美好愿望的原因，在走上纳嘎扣特山顶那一段山路的时候，心里始终有一种小心翼翼的孤单和飘飘然间的一点迷惑。想来这是一个独自远行的人，才会有的心情吧。

沿途中遇见一些朴拙的村舍，散落在梯田环绕的山谷里。一些当地的农民，零散地坐在山路旁边，面前摆放着一些土特产和日用品，做着游客的生意。他们看上去不像加都街头那些店铺里的商人，那样会拉生意。他们只是静静地坐在那里，更像是在晒着太阳。

在一个落了灰的旧墙角下，一位卖玉米花的老妇人坐在地上。满满的一大盆玉米花，在阳光下闪烁着金色而温暖的光。她在翻看一本杂志，翻几页便停下来，朝前方眺望一下，然后再将目光收回，继续一页页地，将那本杂志翻下去。那种安详和淡定，一点都不像生意人的神情。倒像是一位坐在家门口，等待孙儿从学堂里归来的奶奶。

那样的一份宁静和坦然，我不知道，是不是和他们心里的信仰有关？我在那老妇人对面的小店里，买了一瓶水来喝。借休息的机会，我对准了她按下快门。她抬起头，对我淡然地笑了笑。那时候，我很想走过去，买一杯她的玉米花，但不知为什么，我却只是朝她不好意思地笑了笑，便背着包匆匆离开了。

没走多远，我被突如其来的一张脸，惊吓了一下。那是一位看上去很老很老的老妇人。她不知从哪里突然横穿而出，将沉沉的一个大筐挂在头上。我看到过很多尼泊尔人都用头部背东西。她朝我伸出一双手，嘴里叽里咕噜地说着话。虽然我听不懂，但我知道她在向我讨钱。我给了她二十卢比，并经得她同意拍了几张照片。

那是一张蜡黄干瘪的脸。脸上纵横交错的皱纹，像是用刀刻出来的。浑浊的眼睛里，闪烁着讥讽。她明明是在微笑，但那微笑里却分明有一种幸灾乐祸的意味，甚至还有些满不在乎的颓废。那是看破一切之后才有的表情。那表情令人有些阴森森的恐怖。

我几乎是在遇见她的一刹那，想起了小时候童话书里的巫婆的脸。我不禁暗自庆幸，遇上她，幸好是在阳光充足的白天。

但就是这样一个老人，老得不成样的贫穷老人，她依然没有放弃对美的追求。她围了一块大红的披肩，那块披肩早已起了球，但看上去是那样的醒目。她的鼻子上戴了一个鼻环，和一个鼻坠。不管那是不是纯金的,但对每一个女人来说,所有的饰物,都是用来让自己变美的物件。

如果说,那个卖玉米花的老妇人,让我感觉到了人间的温暖和安详。那么,这个像巫婆一样的老人,却让我拥有了一种对生命的感动。那是一种直指颓废与凄凉的无常之美。真正的为美而美。

总是不停地看身边的人,很多人不再年轻,被生活的激流吞没。那种惊痛的心情不能言说。但岁月从来不会停止。可是,女人的心里总怀有一个美丽的梦想,不管自己变得有多老,总有办法安慰自己。觉得自己总有一点是强的,是比得过人家的,至少不是世上最糟的吧。有哪一个女人,是世界上最糟的呢?一个都不是。想来,这是一种不成熟,是一种执拗,是阿Q式的自欺欺人。但,这就是女人。

按照旅行指南标明的路线,很快找到了WEIEW POINT HOTOL,这是坐落在纳嘎扣特山顶最高的一家酒店,特别容易找到。一幢幢别墅式的酒店散落在山林之中。每一幢房子,都被树木花草簇拥着。这是一个别样的世界,没有一点点尘烟的味道。

酒店的铁门,涂着黑色的油漆,中间镂空的图案,像一朵朵雪花的形状。在纷繁的花草缠绕下,透着盈盈的暖意。我迈进这个门,仿佛走进一个未知的童话世界里。将所有的世俗杂念全推至门外。

我的房间在最高层。坐在床上抬抬眼,便能看到窗外的喜马拉雅山脉。推门而出,是种满花草的红色走廊。站在走廊上,低头看,便能看到一千多米深的葱绿的山谷。

我把门窗全都打开，靠在床上不想动。空气里有着花草和咖啡的香味，还有从喜马拉雅雪山飘过来的硬朗的空气。那一刻的我，仿佛像是被人突然推入梦里那样，意识蒙眬，不知身在何处？想起刚刚由服务生领着我从悬空的铁楼梯上，一层层地爬上来，走楼梯时居然会发出"噔噔噔"的脚步声。我发觉这个完全陌生的地方，竟迷漫着我童年时的遥想与失落。有一种无法言说的浪漫。那样的浪漫，像秋天黄昏的雾气那样，孤单而熟悉地，在我心里飘荡着。

而我，却像童话里丢了主人的影子似的，飘然而至一个完全陌生的异国他乡，不认识一个人，听不懂一句话。终于可以随心所欲地，不必听从任何人的举动而举动。那是一种怎样的开怀和放纵，自在却又紧张。我对一切都想入非非，却又那样的百般警惕。

我在楼下的餐厅里，点了一份尼泊尔套餐。在加都的那些日子，吃怕了牛排，倒习惯了吃尼泊尔餐。当地人教我用手抓来吃，据说能让汤汁和米饭更均匀地拌在一起，可我却不肯用手去抓，还是习惯用筷子。

在尼泊尔用餐，我已学会了耐心等待。点餐之后，让你等上一两个小时，是很正常的。我点了一杯咖啡，坐在窗边静静等。隐隐之中，听见不知从哪里传过来的和谐的音乐和天籁般的歌声。细细地，时断时续地，像是飘浮于山谷里的神秘颤音。然而，它又是那样执著地，萦绕于耳际。

于是，我从餐厅里走出去。不知是因为咖啡，还是别的什么原因，我的神经非常地兴奋。心中洋溢着感动和温暖，像是要赶去赴一场美丽的约会。

我带着悠闲观赏的心情，走在曲弯的山径上。我仔细辨听着那美妙的歌声，到底是从哪一幢房子哪一个窗缝里挤出来的。虽然就算我知道，也不会从那幢房子走进去。但是，我还是按捺不住好奇心。想必是因为那飘浮的歌声,令我的心情也飘浮了起来。

我在绕过一圈又一圈的山路之后,那声音突然便消失了。没有音乐,没有歌声。只有下午山谷里的风,悄无声息地飘过来。

经过一片低矮的树林,蓦然遇见一片草坪,有一张白色椅子,静立在那片草坪上。在草坪上,能眺望对面的喜马拉雅雪山。我一下子喜欢上了这个地方。它是那样的安静,又那样的干净。因为晒了一整天的太阳,它们在黄昏来临之前,散发出温暖的带着阳光味道的植物清香。

那几天,我天天下午去那里,那张白椅子总是在那里候着我。那是我想念的白椅子。我甚至想,如果有机会再去那里,那张白椅子,它也一定会在那里等着我。让我安静地坐下来,不要和人说话,只要一本书,或一杯柠檬水。让切成半片的柠檬,像月亮一样飘浮着,那是一种静伏于心底的美丽的忧伤。

天黑之后,我回到酒店餐厅。那半杯咖啡,还在原来的桌子上,早已冷了。服务生急着将热好的套餐搬上来。

那是一个英俊的小伙子,他宽容温暖的微笑,令人愉悦。在这异域风情的黄昏里,我对他产生了一种亲切而隔绝的感觉,仿佛落花流水。

这真是一个令人安静的地方。我想起来,在第二天的那个下午,我离开那片草坪,绕着山谷往下走。我从一条小路走进去,那是一条非常美丽的小路,路两旁长满青草,草丛间点缀着细碎的小花。一些盆景,整齐地码在路边。远远望进去,有几棵银杏。我的眼睛一亮,仿佛遇见了故人。在那个山林里,那是我唯一叫得出名字来的树。我想那里也许会是个公园。于是，继续前行。

走近了才知道，那并不是公园，是墓地。那树也不是银杏，只是树叶很像。

我轻轻走过去，走进这块被绿树鲜花缠绕的美丽墓园。树林子里有森森然潮湿的气息。那些曾经聚散离合的灵魂，终于放下一切，低伏于泥土花草之下，永远沉寂下去。

这真是世界上最安静的地方了。我的心在那个下午，也静到了极点。在树林花草丛中，飘浮着一些淡淡的雾气，萦萦绕绕地散不去。像人的魂魄。我仿佛听到，有一种声音正穿越世俗的尘嚣与我相应。

我看到一口很大很重的钟，它沉沉地挂在一棵树上。树下便是长满青草的坟墓。那口钟，在我们路人看来，只是一口钟。而在逝者的亲属或朋友心里，却是一种纪念，或是，某一种不死的遗迹。

我不敢拍照，唯恐惊动了那些安静的灵魂。离开之前，我还是拍下了那口悬于树上的钟。当我离开墓园，重新返回那条小路的时候，心里便有了一种忧伤的情绪。

在纳嘎扣特住了几天，我还是没有看到日出。有时是睡过了头，错过了时间。有时是雾气太重，看不见日出。山谷里多雾。阳光总是穿透不了层层雾霭，照亮远方的喜马拉雅山峰。

但是我已不觉得遗憾。我相信，一切都是缘分，一切都是偶尔的相遇。在来尼泊尔之前，我的愿望只是想看一看南面的珠峰。但到了尼泊尔之后，我却遇到了许许多多的事情，超乎我的想象。很多东西，真的难以预料。

我想起在西藏定日看珠峰的那天，阳光非常好。但谁又知道我去之前的那些天，却是连续的阴雨天气。几个老外历尽万水千山，从老远的地方慕名而来，却在珠峰大本营白白住了六七天，碰不上一个好天气。

实在等不住了，其中一个老外哭着离开西藏，离开中国。而坚持留下来的那个，终于看到了珠峰的真面目，他终于跪在珠峰脚下，双手扒着泥土，号啕大哭。那天，我和结伴的几个人，一起站在他身边，听他讲他们等待的心情。之后，大家一起欢呼乱叫，狂抢镜头。

那天，我就在想，越过喜马拉雅去看南面的珠峰，是否也会像今天一样好的运气呢？

不过，我在纳嘎扣特等待的那几天里，却一点也不焦急和遗憾。我想，能不能看到日出，和看到珠峰的另一个真面目，真的并不重要了。

可在最后一天，我还是看到了日出，很清晰地看到了南面珠峰的模样。在看到日出那一刻，我还是在一片欢呼声中，突然地热泪盈眶。

在纳嘎扣特的最后一夜，忽然非常地寂寞。想起连续几天过来，没有碰到一个中国人。在几乎失语的环境下，那样的一种寂寞，只有自己才能懂得。那一夜，真的非常想家。想回家。

也许那几天休息得太好，那夜怎么也睡不着。睡不着的时候，读完一本杜拉的小说。在小说里感受另一种生命的呼吸。那是用语言的形式，表现生命自身的一种呼吸和姿态。

凌晨四点半的时候，有一些游客陆续上楼，在最高层的露台上等待日出。我用冷水匆匆洗了把脸，也加入了他们的队伍。

所有的人都静静地站在露台上，注视着那即将到来的短短几分钟。山谷依然迷漫着雾气，但对面的喜马拉雅山脉，却在渐渐地变亮，散发出一层层凛冽的寒光。

山谷里的浓雾，忽然变成了淡淡的轻烟。太阳在东方的山尖上露出了脸。这个变化，仿佛只在刹那之间完成。阳光终于将喜马拉雅雪峰一座座点燃，金红色的霞光，笼罩了连绵不断的山脉。整座山脉仿佛浮现在一种不真实的氛围里。我着了迷一样，沉醉于这种氛围之中。

突然轰轰然地，听见一片欢呼声。太阳整个跳出了山尖。巨大的雪山在阳光下散发着圣洁的光亮，像天上的画一样出现在眼前。而脚下那个翠绿的山谷里，却有浓浓的雾气，风起云涌似的翻滚变幻着，像是放于地上的另一幅巨大而神秘的油画。

在那片欢呼声中，我忽然便落了泪。那一刻，我的内心充满了感恩。

我知道，也许这一辈子，我都不会再看到如此壮丽的、自喜马拉雅雪山上升起来的日出。

想起来，每一次的旅行，都是与时光的一场偶遇。而我的一小段生命，便在一次又一次美丽的偶遇中，闪烁着自己的光芒。

// 尼泊尔雪山

巴堤雅榴莲飘飘

我在泰国学会了吃榴莲。一到曼谷，小虎就拼命推荐我们吃榴莲，他说，在泰国的男人，可以没有老婆，但不可以一天不吃榴莲。榴莲被人喜爱如此，真是难以置信。

榴莲的气味真是无敌。老远就可闻到，不，是扑面而来地让你感受到。成熟榴莲因过分甜腻而发散出来的呛人恶臭，就像难闻的狐臭，让我避之不及。

然而，在曼谷，我还是学会了吃榴莲。看着那些清瘦黝黑的泰国人，站在路边大口吞食着榴莲肉，满嘴稀里糊涂的样子，让人想到"追腥逐臭"四个字。暗叹，竟然那么多人如此迷恋恶臭难闻的气味。

直至到了芭堤雅。在芭堤雅，我并没吃过榴莲，但是，我却感受到了跟榴莲一模一样的气味。我相信，每个城市都有它不同的味道，我疯了一样觉得，芭堤雅这个城市的味道，除了榴莲再无任何气味可以替代。

芭堤雅是个不折不扣的不夜城，欲望泛滥，情色无限。走在芭堤雅的街道上，无处不闪烁着夜的诱惑。敞开式的酒吧一间连着一间。暗红的灯光下，摇曳着无数妖冶性感的人妖和泰女，她们对着街上的行人，左右顾盼，扭动腰肢，媚眼飞舞。

在街道上走动的大都是昂首挺胸高鼻子蓝眼睛的鬼佬，他们高大的胳膊下夹着一个个瘦小的泰女。霓虹闪烁下的性的交易，在芭堤雅这个城市里，成了公开的景观。

面对这一群群为了生存需要的人妖和泰女，在这样独特的景观中，我没有办法不联想到榴莲。榴莲的气味中，有着浓得化不开的风情，有些不再上进，破罐子破摔的无奈。有点堕落，肉感，放浪，风骚，但却与无耻无关，正好处于一个临界点上。再过一点就会让人恶心反胃，令人不屑。那是一种饱经沧桑的通透和旷达，是一种难以说得清楚的持久而沉迷的渗透。

芭堤雅的每一寸土地都迸发着欲望的呻吟。作为一个旁观者，走在夜色迷离的氤氲的街道上，我曾有一刹那的迷惑，为什么泰国这个笃信佛教的国度里，居然存在着如此的人体娱乐，而且与之和谐共存？

到了芭堤雅，自然要看人妖表演。那些既堕落又招摇的人妖，个个散发着榴莲的味道，既令人厌恶又满是诱惑。她们成群结队，既低劣又高贵，既肉欲放荡又有些清纯无辜，总之，他们给人的感觉是极其复杂多义的。那感觉波涛汹涌，扑面而来。

表演完后的人妖会走近我们每一个人，合一次影收费二十泰珠，趁着合影的时候，他们会搂紧你作出各种亲昵状。当然我们只是把他们理解成为一种谋生的手段和习惯，他们无非想以此获得多一些的生活费。然而人妖过于火爆的身材和逼真的胸脯，还是令很多在场的女人们眼里出血。

  跟我们坐在一起的那对夫妻，看上去老实巴交，大概五六十岁的样子。一个温柔妩媚的人妖用他几乎可以乱真的乳房凑近那个男人的嘴，男人涨红了脸，但终也敌不过人妖的百般挑逗。在那种人人放松的氛围下，他放肆地用手摸了摸人妖的乳房。这动作说白了也只是一种探求好奇的泄放，然而坐在一边的妻子，却突然生了气。任我们怎么劝解开导，她都不肯饶恕她丈夫的"不轨"行为。

  是的，在这样的所在，这样的境遇中，潜伏在人的心理和生理上的所有的欲望都会被唤醒，这些欲望在人的内心里激烈地碰撞冲击，让你情不自禁，身不由己。甚至，空气中隐含的欲望气息，可以杀死一切所谓的冷静和理智。只剩下赤裸裸的放纵。

  然而，你终究会静下来。

  当你看完"女子气功表演"和"美国水兵俱乐部"等一系列的表演，当你看着那些赤裸的女子，从她们生殖器里取出一串锋利的刀片，或从阴道里飞出一只活的小鸟，扑棱棱地飞向你的时候，你的身体里还有多少欲望在躁动？因为我们都可以看到，那些女子的眸子里，闪烁着的不再是风情万种，而是麻木和悲凉。在红灯区，那些不可一世的高鼻子们，肆无忌惮地抓着瘦小的泰国少女，让她们赤身裸体地在人群中穿梭而行时，你是否还会保持勃起的状态？

  在最后几天的行程中，一个同行的男人当众宣布，他已阳痿了。所有的人都哄然而笑。虽是一句玩笑话，但我却愿意相信，那个男人所说的阳痿，更是心理上的阳痿。

当看完"一枝独秀"的表演，我更相信心理上的阳痿。那是一场男人的表演。一群看上去身强力壮的男人全裸着身体，用他们的身体作着道具，做着各种各样令你意想不到的动作。那些动作，不得不令你想到龌龊、猥亵等词汇。

我不是一个道学者。但相对这样的色诱和性欲，我觉得信仰和尊严才是最终的主宰。

作为一个地球人，在他们的身上，我感知到了另一种生存的痛。

想起很久很久以前看过的一部电影《榴莲飘飘》，忘了是谁导的、由谁主演的，也几乎忘了所有的剧情。但却记住了影片中的一个细节。记得那个女人，应该是妓女吧，她在离开香港的最后一天，接了三十八个客人。影片不动声色地表现了那个女人身与心的极度疲惫，她躺在一张破旧的床上，像死鱼一样把双脚支在墙上。每每想到这个细节，就会有一种榴莲的气味，迅速在心里弥漫开来。榴莲的气味被作为一种性的隐喻，堪称经典。

而在芭堤雅这个城市，又有多少这样的细节，是我们不曾看到的。但毋庸置疑地，我们已感受到了那无处不在的榴莲飘飘的气味。

青藏高原
Tibetan Plateau

可可西里
Hoh Xil

德令哈
Delhi City

阿里
Ngari Prefecture

古格王朝遗址
The Ruins Of Guge kingdom

拉萨
Lhasa

珠穆朗玛峰
Everest

藏地
Tibet

神秘的唐卡世界

再次到达拉萨,是因为贺中的邀请,来参加西藏多派唐卡之旅的活动。在这之前,我并不懂唐卡,更不懂多派唐卡是什么。多派唐卡的创始人多吉顿珠,他出生在著名的年叙家族里,这是一个充满传奇色彩的家族,曾先后诞生过五十二位活佛。或许受了家族的影响,注定了多吉顿珠不凡的经历和巨大的成就。

多吉顿珠在拉萨创办了他的西藏拉姆拉绰唐卡画院,画院里收了好多画师和学徒。那些人,每天在广阔的画院里潜心画唐卡,有点像学校,也有点像修道院。纯粹手工的创作,充满古老的气息。唐卡对我来说,始终蒙着一层神秘主义的面纱,它与宗教有关,与信仰有关,它那神秘深邃的气息,于我是一份难以抵达的遥远。这次见到的多派唐卡,是传统唐卡派生出来的一种新的派系,它不仅是宗教,是信仰,是

// 唐卡大师多吉顿珠

修行，更是艺术。

　　多派唐卡以多吉顿珠的第一个字命名为"多派"。在抵达拉萨之前，暗自以为多派唐卡的创始人，一定也是一个遥远的人，一个古老的难以抵达的人。在拉萨的第一个晚上，是多派唐卡画册的发布会和多派唐卡之旅的开幕式。多吉顿珠一身西服，出现在开幕式上，穿梭于饭桌与酒杯之间。我惊诧于他的年轻，他的温和谦逊，他的精神气质并非遥远，他已脱下藏袍，穿上我们汉族人的服饰。他微笑着过来敬酒。我有点懵，像出现了高原反应时才有的生理反应。我一直处于无语中。他的身上有一种炫目的、洋溢在空气中的璀璨，这是一个散发着光芒具有某种神秘力量的男人。

　　我们并没有过多的交流。会议结束前的那个晚上，我们几十个人，聚集在宾馆楼下的茶楼里。即将要告别了，大家都在喝酒，之前喝茶的也改成了喝酒。多吉顿珠也在。他是这场活动的创办者，仍然同每一场酒席开始时一样，穿梭往来于每一桌认识的或不认识的人群之间，他优雅从容地招呼着大家，与每一个人碰杯致敬。轮到我们那一桌，他已经有些醉了，但仍然极力维持着他的清醒和绅士风度。在我们谈笑风生之间，人民日报社的扎西向我约稿，让我写一篇对多吉顿珠的人物专访稿。我欣然应允。

于是，我们有了第二天的约会。他说，这就是缘分。他问我是否信佛。我摇了摇头。他说，要是你信佛，你就会相信，人与人之间是有缘分的。我说，我不是佛教徒，但我一样相信缘分。那天我从哲蚌寺回来，他开车过来接我到一家咖啡馆里，窗外就是神圣的布达拉宫。我们聊得很愉快。四个人，除我之外，都是藏族。有时候沟通也会受阻，毕竟，是两个如此不同的民族，文化的不同和生活习性的不同，多少会造成来自词语表达上的不同和理解上的偏颇。但这丝毫不影响我们的交往。从某种意义上来说，陌生与遥远，更具吸引力。

我们自然而然地聊到哲蚌寺，因为我刚从哲蚌寺下来。去之前，听说哲蚌寺曾是全世界最大的寺庙，依山而建。以为哲蚌寺里会有许许多多的喇嘛，会有盛大的香火，会有热闹的人群。然而，当我到达哲蚌寺，却发觉寺内一片空寂，甚至有些颓败的死气沉沉。疑惑一团又一团，这么大的寺庙，不知道那些曾经的喇嘛去了哪里。走在寺庙里，就像走在一个巨大的村子里，而整个村庄却空无一人，所有的人都消失了。有一种错觉令人慌张，心里空落落的。偶尔有一两个喇嘛经过，也是低着头，一闪身就不见了。

我本来想和他聊聊关于唐卡的事情，这是我与他相约的目的。对我来说，唐卡是个绝然陌生的未知世界，我对那个世界充满探知的热情和好奇。然而，说不清楚为什么，似乎受了某种蛊惑,我一张口,又说到了哲蚌寺。我说去寺庙时要爬一段山路,要经过一片树林,树林很荒芜,目光所到之处,会有一种受伤的感觉。倒是听到了很多鸟叫的声音,令人喜欢。听见鸟叫,就仿佛听见生命,听见大自然,觉着身边的一切都是苏醒着的,是活着的。

　　多吉开始沉默不语,一直听我说话。我感觉他像在想着某个问题。后来,他忽然对我说:我想起来了,我知道有一个地方,那里有很多很多鸟,有一万多种鸟类,在拉萨再也没有比那儿的鸟更多的地方了,明天我带你去。

尼玛塘寺的下午

当时我并没有听得十分清楚,我以为多吉只是随口说说的。第二天他来接我。他让我开车,他指路,一路往拉萨郊外开。开到一段山路上,山路蜿蜒盘旋,尘土飞扬,一直开到路的尽头。看见有一座寺庙,叫尼玛塘寺。

多吉说,这里平时很少有人来,几乎没有游客,游客都去布达拉宫和大昭寺了,这里的寺庙寂静得很。我们下车。可多吉并没有带我去那座寺庙,而是带我往寺庙后面的山坡上走。他说,在这片树林里,你不仅可以听到好多鸟叫的声音,还可以看到不同种类的鸟。

果然,如多吉所说,我一走上山坡,刚迈进林子里,就看见了好多鸟。奇怪的是,它们不在天上飞,也不在树上停着,却像人一样在地上走来走去,身体比鸡还大。那鸟叫什么名字呢?我问了好几次,他回答了好几次,我依然没有记住。

他说的名字可能是藏语,我听不懂,也就没有使劲去记。

多吉一直在接听电话。我一个人在树林里走来走去,就像那些鸟一样。我有些恍惚。我忽然想起第一次到达西藏,在走阿里的途中,那里是属于生命禁区的藏北大草原,我也遇到过一些奇怪的鸟,叫不出名字来。它们走路的样子非常古怪,就像道士一样,拄了根拐杖,阴森森地一拐一瘸地走。走路的快慢节奏听得很分明,仿佛是一种很倔强的膝盖着地的声音。它们那样旁若无人地走着,仿佛要到一个很远的地方去做道场。偶尔也会伸长脖子叫一声,声音有点像路旁孤独的弃婴。一个人在路上自言自语,却并不哭。鸟叫的时候,世界静下来,有一种没有人能够听得见的寂静,十分的荒凉和寂寞。你可以从它的声音以及走路的姿态中,察觉出它面目的古奥和神秘。

我记得很清楚,在那天清晨荒凉的烟霭中,我们经过一个天葬台,看见这种行走在地上的鸟。我不知道,当铺天盖地的鹫鹰呼啸着将死去的人体簇拥吞食,这种鸟是否也会在场?那天我亲眼目睹那种鸟,它那样旁若无人地从天葬台边上走过,神态那样笃定和悲壮,仿佛背负着某个神圣的使命。我甚至感觉到,它的一只小手正擒着一颗亡灵,要趁天未亮透之前赶到某个地方去。它行走的步履有着几分凄厉,又带着几分中肯和义气。

我忽然想跟多吉说说这种鸟,说说我记忆里曾经有过的恍惚。可他的电话还在继续。他总是很忙。总有没完没了的事在等着他去处理,总有没完没了的人在找他,到处找他。我依然一个人,在树林里走来走去。那天我穿着长裙,几乎拖地。我并没准备要来这个山林,也并不知道,山林里居然荆棘丛生,尖硬带刺的枝条绕缠着人,裙子扎破了,碰着皮肤,渗出一些血来。我竟然觉不出疼。

四月已经走完，五月就在眼前，此时的江南，早已坐拥着绿意盎然、百花齐放的热烈春天。而这里，竟然毫无春意，连一丝丝春的消息都没有。没有一棵树长出一片叶子，没有一棵草由枯变绿，花儿更是无处可寻。整个山林像刚刚被大火烧过，深褐色的大地，满世界的枯寂与荒凉，仿佛一直走下去，一直走下去，你就会走到地老天荒。此起彼伏的鸟叫声，像在表达着它们对这片土地的绝望深情。

多吉的电话终于打完。他向我走过来，遇到荆刺，随手一拨，一弯腰一低头就过来了。他的双手好像一点都不怕被扎伤。我本来准备着想跟他说的关于鸟的事情，却在他靠近我的瞬间，成为一片虚无，再也形不成语言。犹如忽然间一个事物被分解成了碎片，散落了一地，一时之间无从拾起。强烈的关于鸟的记忆，终于变成无可奉告。

山林过于寂静，鸟叫声并没能打破寂静，而是让寂静变得更黑、更加深重。深重的寂静，给我一双寂静的眼睛，我却用它寻找着诗。关于沧桑、关于地老天荒的诗篇。什么都不说，让寂静继续寂静，让恍惚归于恍惚。永远以来，令我恍惚迷糊的事物，我只能落实于文字，从来没能够用语言去诉说分明。事实上，连文字也是不能够表达的。

在这个古寂的山林里，经幡挂在树与树之间，被风撕扯着，光芒忧郁。我总觉得这些失色破旧的经幡，与远古有着某种关联。我不止一次地在脑海里浮现出一种奇怪的念头，我眼前的这座山林，它就是一幅古老的唐卡，它是大地艺术。在这片神圣的土地上，各种艺术都通过非艺术的目的——对众神的敬畏与感激呈现着。虔诚保证了这些作品的纯粹。

也许，多吉是自知的。他领我来这里，并不完全带我来听鸟叫的声音，而是让我看一幅出自蛮荒、出自大地、出自时间之手的巨大的唐卡。或者，可以这么说，我所见的这幅古老的唐卡，它属于大地，属于时间本身。

你喜欢这里吗？多吉问我。我在心里说喜欢，然而到了嘴上却变成了问句：你为什么带我来这里？我以为他会说，是带我来听鸟叫的声音，或者说是因为我喜欢有鸟的地方，所以便带了我来。然而他只是说：很多年前，我妈妈带我来过这里。听上去更像是自言自语。他说话的时候，目光穿过山林，变得很遥远，像抵达了不可触及的远古时代。

很显然，他并不是一个浪漫的人，也缺乏那种热烈的激情，但却有着藏族人特有的实在，具有自我认知的特性和根深蒂固的宗教情怀。也许，浪漫更适合烟雨蒙蒙的江南，适合在柔软的土地上生长。然而我又相信，有些时候的浪漫，并不一定就是玫瑰和凤尾花。浪漫也可以寂静高远，两手空空。

// 西藏尼玛塘寺

重回拉萨

5月1日中午,我离开拉萨,和好友贺中、潘维等一起到达太原参加会议。在太原逗留了五天,5日凌晨再次飞回拉萨。

重回拉萨的原因,是在离开拉萨前和多吉顿珠约了去走墨脱。墨脱是我几次到达西藏一直想去却一直未能前往的地方。多吉说他虽身处西藏,也从未到过墨脱,他也一直想去,却没有时间。这次他下了决心,要带我一起去。为这个约定,我又从太原返回拉萨。

然而,有一些地方,并不是你下了决心就可以抵达的。譬如墨脱。

去年之前,墨脱是全国唯一不通车的县。要想进去,只能徒步。于我来说,墨脱的奇特就在于它的封闭和难以抵达。一年四季,只有九月份到十月初,才可以徒步进去,其他时间,要么大雪封山,要么就是雨季泥石流,根本无路可走。

记得2008年9月,我天南地北地约了几个驴友,准备一起去走墨脱。然而,为了完成一部长篇小说的写作,我放弃了。当然,放弃的原因还有路途中会有两天时间要经过蚂蟥区。据说那种怵人的血吸虫无孔不入。从墨脱回来的人,身上都会留下被蚂蟥叮咬过的痕迹。我天生怕这些软体动物,想来全身都会发怵。

去年听人说墨脱那边修了路,可以通车了。我一边遗憾,一边暗喜。我以为,这次可以和多吉一起开车进去,终于可以圆了我的梦。可是,谁又能想到呢,回到拉萨,想出发去墨脱的心情像鼓足气的风帆,却惊闻墨脱那边路塌了,只因为一场风雪。五月风雪,真是难以想象。

本来,我们准备充分一些,还是可以冒险地去走一趟的,不幸的是,多吉病了,那几天他一直身体不好。我想该是长期的积劳成疾,又在那些日子里被全国各地涌来的朋友和客人给灌的,他喝了太多的酒,过量的酒精让他的胃严重受损。而康巴汉子特有的豪迈性情和真诚让他在每一场酒宴上都要喝到酩酊大醉才肯罢休。多吉的胃已在极力对他作出反抗,他经常胃痛。我亲眼看他翻江倒海地呕吐,吐到脸色灰青。可一吐完,他就又装得若无其事,一副很轻松的样子。硬朗,宽阔,举重若轻,是他留给我的印象。

墨脱是去不成了。在拉萨的这些日子,倒是让我更多地亲近了唐卡,恶补了一些关于唐卡的知识,也更深地了解了多吉在追求艺术和创业过程中的心路历程。这种了解,对我尤为重要。多吉的唐卡作品让我看到了生命中的庄重、高贵和不俗。在某些事物的认知和理解上,也许他很难用语言说服我,但是,他的唐卡可以。他画下的每一幅唐卡,都向我透示着一种艺术的说服力,让我信服于一种来自信仰和修行的令人敬重的艺术表达。

此刻,我已坐于书房暖黄的灯光下,回忆起两次进入拉姆拉绰唐卡画院参观那些唐卡时的感受,居然浑身充斥着一种如此强烈的情感,这种有力的异样的情感,我却从来没有从其他画展中感受到。虽然那些画,技法娴熟、画工精湛,每一笔都是经过画家的深思熟虑。然而,唐卡不一样。多吉创作的唐卡,更具伟大的品质,饱含着一种博大的悲悯情怀与大爱。他画的哈香和绿度母,笔触出神入化,已从神性回归到人性,展现了一种完全属于他自己的庄严力量。他画的绿度母,头颅下垂,腰肢柔软,脸庞隐藏在深深的阴影中,奇异地显露出一种动人的悲悯与博爱。

当我再一次走进多吉顿珠的拉姆拉绰画院时,我看见多吉穿着藏袍,屈腿坐在一张即将完成的绿度母的唐卡前面。他左手托着画碗,右手举着笔,正仰视着画中的绿度母,目光真挚、虔诚,而绿度母双目下垂,仿佛正垂眼回应着他的目光。我被这一瞬间感动。我用镜头摄下了这一瞬间。多吉却浑然不觉,他只沉浸在他自己的世界里。我相信,在这个瞬间里,他是可以与他创作的绿度母获得沟通与对话的。我亦相信,他在那个奇异的世界里,一定能够感受到天堂,感受到永恒。

据说唐卡是用纯天然的矿物质原料作画,永远都不会变质或变色。那么,当我们不在了,画下这些唐卡的画师不在了,很多很多事物被时间所更替,或者消失,而唐卡还在,它将作为一种信仰和修行成为永恒。

离开拉萨那天,多吉送了我一幅唐卡,是他在去年完成的"哈香",我们称为"弥勒佛"。我不知道他画这幅唐卡花了多少时日,几个月、一年,或者更久?我没有问。只是

满怀感激地收下了这份不同寻常的丰厚的礼物。

回到杭州的第二天,多吉在电话里告诉我,我离开那天,拉萨从傍晚开始下了一场大雪,一直到天亮才停。5月的拉萨,竟然满天飞雪!我又陷于恍惚中。我在拉萨的那些日子,天天艳阳高照,晒到皮肤嗞嗞作响。我想,我回来得太快了,我要是再多住一天多好!我错过了一场夏日里的大雪。

我总在旅途中,总是在错过,也总是在邂逅。挂断电话,我忍不住又在书房里打开多吉的唐卡,画面精美、佛像慈悲,它凝聚了多吉无数个日夜的修行和付出。这幅唐卡,是我生命中收到的最珍贵的礼物,我将用一生来收藏。顺着他流畅的线条和笔画,我仿佛看见了另一场旅行,一位充满宗教情怀的康巴男人,用他的智慧和灵感在一场意识形态里完成的旅行。他更让我懂得,生命本身就是一段旅行,一种修为。

突然消失的古格

走进古格

抵达古格那天,正是农历中秋节。如果不是一路险阻,我们早该到达的。但冥冥中,仿佛早有安排,安排我们在这样一个盼望家人团聚的佳节里,与古格会晤。

雨过天晴,阳光普照大地。呈现在我眼前的,是一片废墟,废墟上高高屹立着几座土堡。那是一座空城!

废墟和空城,它们本身就令人心惊肉跳。我朝遗址方向一步步攀登而上,我的心咚咚跳着。有一种震撼,穿过千年的时空,直接抵达我的心灵。我相信这种震憾,还会继续下去。

终于站在古格遗址面前的那一刻,对那一路上所遭遇的艰难险阻,忽然便心存感激。我知道,如果一步踏入就能如愿以偿,反倒会令我遗憾。这是一个离群索居天堂般的所在。

它是如此俯视众生,又如此地隔绝众生。这是一个不能太轻易进入的所在。

公元10世纪,吐蕃王朝崩溃瓦解后,一个落难王子,率领亲随逃往此地。他就是吐蕃王朝末代赞普朗达玛的重孙:吉德尼玛衮。

当时,他被安居在神山圣湖之间的象雄土王扎西赞接纳。没想到,曾经是吐蕃王朝臣属国的象雄遗民,将吉德尼玛衮视为神明。因为他身上具有吐蕃王族的高贵血统,以及他所代表的西藏腹地的文明,也令他们满怀敬仰。扎西赞土王毫不犹豫地将女儿嫁给吉德尼玛衮,并让他继承家园。

落难王子,绝处逢生。吉德尼玛衮没有辜负老土王和象雄人民的重望,恢复了信心,重整旗鼓,逐步兼并了西藏西部这片辽阔的地区。

吉德尼玛衮生下三个王子,他们饮用着雪山之水,在阿里高原慢慢长大。通过几十年的励精图治,吉德尼玛衮的幼子德祖衮,终于成了古格王国的开国赞普。

10世纪中叶至17世纪初,古国王国雄踞西藏西部,弘扬佛教,抵御外敌。但在七百年之后,这个曾经拥有过灿烂辉煌历史的古格王国,却突然间神秘消失。连古格文明也随之消失得无影无踪,像是从未存在过。就像美洲玛雅文明的消失,成了一个永远解不开的谜团。

任何一座空城,和年代久远的废墟,都是一种惊人的美。但一个人,对这样的一种极端审美的接纳,总是有限的。走在残墙断壁之间,每一步都令人惊恐莫名,巫幻森森。何况,在我眼前的,是这样一座神奇的西域空城。一个王朝转眼消失,十万民众不知去向。居然没有任何具体原因。干脆利落地抹掉了一切。它在我心里突然变得很不具体。我的意思是说,出现在我面前的这座空城和废墟,真的令我难以消受。我想,任何一个人行走在此地,多少会有些消受困难。

到底是什么样的灾难，如此直截了当地让一个王朝就此毁灭？是天灾，还是人为的战争？

曾经，这里应该是一座多么坚固的土城。它曾拥有十万民众的居住。然而，它又怎会想到，突然哪一天，便永远失去了人群，永远失去了所有的人间烟火和日常喧嚣，成了一座寂寞空城。

我扶着冰冷的泥壁往上攀登。那一条条暗道，一个个洞穴，曾留下多少古格人的欢声和笑语。而今天的我，每一步踩下去，却都牵连着最纯粹的死亡和毁灭。那无法消受的沉重，令人喘不过气来。

这里的每一寸泥土，每一块石头，都透着隐隐然的森寒。它的寒冷，令一个在千年之后前来瞻仰的旁观者，也依然感觉砭人肌骨。作为旁观者的我，面对这样的一座空城，每走一步，都会忍不住地去暗暗遥想，然后悄悄移情。

我好像从来没有体验过这样的空与静，以及几乎令人窒息的寂寞。当我登上最高的土堡，见到一张石桌，桌边固定着四个石凳。我坐在石凳上休息。忽然收到手机短信。几天都没有信号，此时此刻突然有了手机网络，愕然间以为是神突然出现了！是朋友发来祝中秋快乐的短信，差点忘了那天是中秋佳节了。

我坐在那里，从包里取出几天前买的一个月饼。没有水，遥望着喜马拉雅山脉，一口一口地，吞咽完这个月饼。

如果到了夜晚，坐在这样的高处，遥望一轮明月，该会是怎样的心情呢？当时的古格人，一定在很多个中秋夜，围坐在这张石桌旁边赏月聊天吧。那时的他们，又怎会知道，

// 穿越阿里无人区·札达土林

千年之后的这个中秋节,坐着的又会是一个来自远方的女子。

我一边吞咽着月饼,一边给朋友回了信,也给几个朋友发了信。不记得具体的内容,但我记得信里一定有古格和祝福。

我不会写诗,也从未写过诗。但那天短信里的几句话,却被朋友当成了诗来读。想来也是,一个女子正安坐于一座千年的寂寞空城之上,感受一种可以触摸的空,倾听一份穿越旷古的静。此情此景,它本身就是一首绝美的诗句。

找一尊佛回去

古格城堡保留着四座佛殿。佛殿旁边,有着众多的僧舍建筑遗迹。在这片遗迹里,以红殿和白殿面积最大。

红殿因殿堂外壁涂红色而得名,是一座平面略呈方形的藏式大殿。殿顶中间升起高大的天窗,用来采光通风。抬头从天窗望出去,是一览无遗的蔚蓝的天空。

红殿北侧更低一层的台地上，就是白殿。与红殿一样也是单层平顶藏式的大殿。但内外结构要复杂一些。殿后突出，突出部分用来主供大象。总面积为四百来平米，为古格建筑最大的一座。东墙正中保存着完好的木雕门框和门扇。门框整体分内外三层，每层的上框中间是一尊护法金刚浮雕。

古格到处都是佛。此话一点不假。

我在白殿中看到所有的墙壁门框、梁檐柱子上，密密麻麻都是佛。有单独的高僧，头上缠着长巾、身着长袍的王子，当时的苦修者，双象嬉戏。门扇上刻着梵文的六字真言。

经历了几百年风雨的木雕大门木纹显露，裂缝密布，像一幅巨大的陈旧画幅镶嵌在殿堂土红色的墙壁上。

在红殿三百五十平米的大殿内，居然有三十根红色的方木柱，每根高达五米，柱子上分别雕饰着贴金箔的浮雕佛像，和一些梵文，使得每根柱子都具有佛的法力。红殿原来的主供塑像已全部毁坏殆尽。但仍残存着须弥台座和莲座。

站在红殿仔细看，处处是佛。大门上雕刻着佛，柱头上刻着佛，天花板上的彩绘也是佛，壁画上更是充满了大幅的佛像和各类佛教造像。从外到内，从上到下，从平面到立体，到处都是佛和佛国成员的形象。

这真是一个佛的世界。千年之后，看到这些残存的雕像，仍可感受到那种佛的氛围。可以想象当年古格人对佛教的虔诚之心。

在古格殿中有一座殿名叫轮回殿，这是古格遗址中唯一不让人进入的神圣之地。听古格守护人说："打开这座殿门，便是世界的中心。"

我的心里怀着好奇，但尊重别人，就是尊重自己。我在轮回殿前驻足凝望，取消了趴在窗外偷偷去看一看的欲望。

在古格壁画佛界的人物中，最精彩也最具特色的，当属供养天女。据说这些供养天女，是天界专事供养佛祖的。这些天女形象和装饰都非常奇特。最典型的是坛城殿的天女像，头戴宝冠，长发后披，全身赤裸，四臂。耳饰大环，佩项圈，钏，镯，腰系璎珞，双乳正圆，腰肢纤细得超乎寻常，胯部往往做大幅度的扭动。这种全裸的供养天女，在西藏很多寺庙里都不曾见过，好像仅仅古格才有。

这次在古格壁画中，又一次看到了释迦牟尼佛。在藏区，几乎所有的寺庙里，都有他的塑像。还有以他为中心，或以他的故事为素材的壁画和唐卡，也到处都是。人为佛祖，佛陀的神威神德神力应该高于一切。

在古格壁画中，以藏文经典的"十二事业"为蓝本，并将一些细节充分展开，以连环画的形式绘成。通过形象的画面讲述了释迦牟尼从人世到出世成佛的生涯。

我从没如此静心地站在这些壁画前，细细地看释迦牟尼成佛的故事。很多壁画已斑驳不清。守护人在我身边讲解。

他说，佛涅槃七天后，有八国王族前来争夺舍利。婆罗门平斛氏力劝众王，主张将舍利分成八份。后来众王同意将分得的舍利迎回建塔供奉……

原来，在我们每个人的心里，都可以有一个属于自己的佛。

那么，我是不是也可以，在这片神奇的土地上，找一尊佛回去？

探访干尸洞

从殿堂出来，我又站在空城顶端，从古格城墙往下看，是浩浩荡荡的土林。正是夕阳西沉之际,赤红色的晚霞笼罩着大地,使得土林变成一半是红,一半是金黄。金黄色渐渐褪去,眼前的土林竟然满目猩红。它们像愤怒的卫士,持枪握戈向古格城涌来。

而我脚下的古格城,仿佛突然发出响亮的咆哮。我听见,我身边的五彩经幡,被风吹得呼呼响。

我镇静下来。除了风声,这里什么也没有发生。可是,我却头皮发麻,一阵阵寒气从脚底下直往上窜。我知道,我是在害怕一种气氛。

刚在殿堂里看壁画的时候,感觉到了当时的盛况和繁荣。现在再一次置身废墟,又实实在在地想起来,所有的繁荣和辉煌都已不再,所有的古格人全都不知去向。

站在古格城上,只觉得万物都变得那么遥远,只有碧蓝的天空伸手可触。而从脸上拂过的每丝风,我都能感觉到那里有着羊皮袄飞驰时撩起的膻腥,有的阴凉,有的温馨。我知道此时在我的周围,正有无数古朴而又沉默的灵魂,他们或是和我并肩而行,或是朝我迎面而来。

我从城堡上跌跌撞撞往回走,又怕不小心惊动了身边的魂魄,一再将脚步放轻放慢。我要回到有人的地方去,找到各自走散的同伴。我们约好了,一起去探访干尸洞。

"干尸洞",也有人称它"万人坑"。那里面堆满尸骨。想来就令人毛骨悚然!

找到同伴,他们几个正坐在悬崖边上,一边聊天,一边等我。往悬崖边一站,那陡峭的崖壁又令我一阵寒心。真是怪人,哪不好坐,非得坐悬崖边上去。

// 古格废墟

原来干尸洞就在这悬崖下面,我们得从这儿走下去。同伴看了看我说,如果害怕就不用去了,下面的路很难走。叫我在这儿等他们回来。

有什么好怕的?我咬咬牙跟上他们。同伴有些不放心,回头说,你脸色不好。我故作轻松,说那不是怕的,是累的。

他们笑笑,互相说着小心,便爬下悬崖。那是一条羊肠小道,仅容一个人走过。我怀疑原先这里应该是没有路的,一定是后来一批又一批的冒险家们走出来的。

据说,古格王国消失后,这里的遗址和城堡,一直在漫漫黄沙之中沉睡了几百年。由于古格周围重重的自然屏障,和这里特有的恶劣气候,使得数百年来,都无人前来探访。令人意外的是,第一个发现古格遗迹的并非本国学者,而是一个叫麦克沃斯的英国人。他早在1912年,就深入象泉河谷地,对古格故城和札达托林寺作了考察。

之后,才有本国的考古学家和摄影师们涉足此地。而干尸洞之谜,是在三百五十年之后,才被人发现的。

从陡峭的土路往下看,是一条狭长的谷,谷底流淌着从雪山上融化下来的水。那些水,曾孕育过十万古格民众。

走在悬崖上,随时都能看到变黑的箭镞和腐烂的布片。我拾起一个箭镞,它躺在我的手心里,像一个化石。它无法向世人说清楚,当时这里曾经发生了什么。然而,它绝对是一场腥风血雨的见证。

它贴着我的手心,带着一丝冰冷的寒意。我不知道,它曾经钻透过哪一位战士的肩钾,啄开过谁的胸膛?我只知道它一定曾经疯狂无情。当铠甲散落,灵魂被鹰带入天堂,而箭镞却永远留下。就这样年复一年,寂寞地躺在这片废墟之中。

干尸洞就在悬崖上,离地约两米多高。洞口仅容一个人进去。这个洞口也是被人挖出来的。如果不是有人在崖壁上写着字,还不知道那个洞口就是干尸洞的入口。因为在古格,这样的洞穴不计其数。

我还真的不敢靠近。稍微离得近了,便能闻到尸臭味。这气味让我又害怕又恶心。

我看着他们轮流爬上去。刚刚还是谈笑风生的,但到了洞口,突然便收起了所有的嬉笑。个个表情肃穆。

最后轮到我。我迟疑了一下,还是鼓足勇气爬上去。但洞口太高太陡,试了几次都掉回来,当然一半是因为害怕。

他们走过来,齐力一推,就把我整个推了上去。一阵恶臭差点让我窒息过去，但我憋住气，努力睁大眼睛去探望。

森森白骨间，都是铠甲的残片和暗红的箭镞，它们和人的某些筋骨，粘连在一起，成了一滩滩分辨不清的黏合物，像是角化了的血液。有些骨头附着已经干枯的皮肉。这就是一种没有完全脱水干化的干尸。

找不到头颅，一个都没有。所有的古格人，都被疯狂的入侵者砍去了头颅，一个不剩。一场腥风血雨就在眼前：飞矢撕裂的哀鸣，一群群箭镞穿过古格人带血的战袍，刺入他们黝黑宽厚的胸膛。成千上万被割去头颅的身体，在痛苦中扭曲抽搐……

我心惊肉跳地从洞口跌落下来。我知道没有一个探访者，在此种情形下，仍会带着一颗从容平静的心回去。

我看到一个同伴，双手合十对着洞口拜了又拜，并建议我删去那些照片。刚刚我对着白骨拍了一些照片，还用了闪光灯。想想也是。我不能以任何方式去打搅这些灵魂。千年之后的他们，仍然身首异处。

这世上，谁又能破出谜底，将他们的头颅找回来？

他们的头颅到底去了哪里？是谁如此残忍？就像农民收割丰收的庄稼一样，割下成千上万个血淋淋的头颅，然后驮回去，去喂养他们的荣誉和功名，还有爱情。

传说，是邻国拉达克人发起一场战争。当拉达克大军压境，重兵围困古格王国都城时，国王亲率古格战士坚守山顶宫城，与敌人苦战数日。拉达克人久攻不克，于是生出一条恶毒计谋：令山下被俘的古格臣民，从山脚下向山顶修筑起高大的石墙。一来可以此为依凭发起进攻，二来还可借这些人为"肉盾"，令古格人自相残杀。

烈日之下，每天都有古格人因不堪苦役劳累而亡。终于，古格国王不能忍心看着自己的百姓受苦受死，于是与拉达克人达成城下之盟，同意投降。条件是不得伤害百姓！

当古格国王和战士们放下武器之后。拉达克人却背信弃义,将他们全部押解,处以极刑,抛尸于洞内。并把所有被俘的古格子民掠往拉达克,将古格残酷灭国。

但是,拉达克人为什么会向古格发起这场战争呢?

于是,又有一个传说。相传在 1615 年,在古格与拉达克之间发生了这样一件事:

古格国王赞普在十八年前,曾与古格王后生下一位小王子。但小王子得了精神失常症,王后请来全古格和外地的名医,均医治无效。

古格国王赞普终于下决心再娶一位新王后。这位新娶的王后,就是拉达克国王的妹妹。

据说,这位新王后在被迎娶途中,距离古格都城只有两天的路程时,古格国王竟突然改变了主意,命令禁止新王后进入古格,并将她遣返回拉达克。

新王后只好哭着回到自己的国家,并向拉达克国王述说了自己的委屈和对古格国王的憎恨。同时,古格国王的悔亲行为,也激怒了全拉达克人。

拉达克国王决定不惜一切代价,攻打古格。

于是,因这场婚变引起的战争,竟持续了十八年之久。

又是因为女人?为什么总是为了女人?古往今来,多少王国的兴亡,都与女人有关。但是,那也只是传说罢了。

不管怎样,古格毁灭的原因,在历史上虽然空白,世人也无法破解,但在千年前的某个不平常的日子里,一切的摧毁和残酷,一定是具体的。具体到一个人,一声惨叫,一摊鲜血。发生在眼前的结果不必怀疑。这座荒凉的空城,和那些堆成山的无头干尸,就是一场灾难和毁灭的见证。

我们在夕阳西沉之前,告别这座寂寞空城,走出古格。古格曾经是天堂。古格也曾经是地狱。

此时的夕阳,以最后一道血样的光芒,将古格涂抹得异常辉煌而凄凉。整个空城,就像一位战死后仗剑不倒的武士,天神般架着它那不屈的骨骼,撑着它不朽的灵魂,承载着一个世人无法揭晓的千年谜团,在血样的夕阳里静静屹立。永远屹立。

// 冈仁波齐峰——东方的耶路撒冷

东方的耶路撒冷

抵达冈仁波齐峰那天,骄阳似火,整个人冒着烟,好像身上所有的水分都被烤干了,爆裂的嘴唇,一开口便生生地疼。但在见到冈仁波齐那一瞬间,还是抑制不住地狂呼出声,那时的激动和欣喜,完全顾不得一点点身体的疼痛了。

冈仁波齐,海拔六千七百多米,地处冈底斯山脉,与喜马拉雅山遥遥相对。冈仁波齐长年被皑皑白雪覆盖,就像一顶壮观的大银冠,凌空直指云霄,有唯我独尊的气派。这就是举世瞩目受亿万人崇拜的神山。

那天,我终于爬上冈底斯山,仰望着洁白神圣的冈仁波齐峰,听着云朵擦身而过的声音,一条蜿蜒的山泉在山脚下无声地流淌,我站在半山腰,眼睛被雪光刺得有点睁不开。那一刻,不敢相信那是真的。

冈仁波齐,它是东方的耶路撒冷。耶路撒冷是犹太教、基督教、伊斯兰教的聚集地。犹太教人以为这里曾是古犹太王国的首都，城内锡安山上还有他们的宗教圣地，这自然是上帝赐予他们的土地；而基督教则说，这里是耶稣诞生、传教、牺牲、复活的地方，当然是他们无可替代的圣地；伊斯兰教却认为，这里是穆罕默德夜游登宵、聆听真主安拉祝福和启示的圣城，有世界上最美丽的清真寺。因此，三大宗教都把耶路撒冷视为本教圣地。

冈仁波齐也一样，据印度教传说，湿婆独居神山修行，法力无边，成为可以摧毁一切邪恶和创造一切善良的大神，他们将神山看作是湿婆的化身；而佛教徒却把它视为世界的中心——须弥山的象征，山顶为帝释天之居；对本教来说，冈仁波齐是本教众神的居住之地，是雪域藏地的灵魂；对耆那教来说，它又是创教人筏驮摩那获得解脱之地。因此，冈仁波齐是多种宗教和神话叠加的圣灵之山，是各方神灵汇聚的万神殿。这座充满了宗教神话故事和历史传说，以及种种动人传闻的神山，对于佛教、印度教、本教和耆那教徒来说，它是世界性的宗教圣地。

所以，每年都有各教派的信徒，从四面八方涌向冈底斯山来朝圣。对于很多藏民，和那些来自印度、尼泊尔、不丹或巴基斯坦的信徒来说，去冈底斯的朝圣之途是神圣而光荣、遥远而艰辛的。在只有徒步行走的年月，人们为了到冈底斯山朝圣，有的要提前半年甚至一年启程，数千里的遥途，或穿越无人区，或翻越喜马拉雅山。他们有的沿途乞讨，甚至死在半路，再也没能返回家乡。死在冈仁波齐转山道的信徒也非罕见，而能死在冈仁波齐身旁被看做是一种福气。过去，有钱有势的人家，或居住在冈仁波齐附近的百姓，将尸体送往冈仁波齐，以求死后福大易转世人间。

因此，居住在冈仁波齐附近的阿里藏民是幸运的，他们拥有冈底斯就已拥有一种至尊和财富。他们去尼泊尔、印度或青康藏区，只要一说他们是冈仁波齐附近的居民，就会受到特殊的礼遇。

据说来过此山朝圣的外地人和外国人，回到家乡后，也处处受人敬仰，且自视高人一等。印度教徒认为，只要朝拜过冈底斯山，其他的山就不用朝拜了。围绕冈仁波齐转一圈，可洗尽一生罪孽；转上十圈，可在五百轮回中免受地狱之苦；而转上百圈者，便可以升天成佛。

冈底斯山受人敬仰的理由，还因为它是世界上海拔最高的恒河、印度河、布拉马普特拉河的发源地。在信教者心目中，这些河流与冈仁波齐有着神圣的关联。

我坐在冈仁波齐峰下，仰望雪山变幻无穷的美。阳光下的冈仁波齐峰是妩媚动人的。雪峰上飘着一片云朵，那就是传说中的旗云。雪峰洁白的躯体上，有一道竖向的沟痕，和数道横向的岩印，那几道黑色的痕迹看上去非常显眼。很奇怪白雪为什么没有将它们覆盖。

相传，在1040年至1123年期间，佛教的米拉日巴大师，与本教徒纳若奔琼为了确立"神山之主"，曾在此山斗法。米拉日巴和纳若奔琼二人分别按顺时针方向和反时针方向转山，但由于势力均衡相持不下，最后决定于十五这一黄道吉日比赛登山，先到冈仁波齐峰顶者即为"神山之主"。

那是一个不同凡响的日子，十五日的凌晨，本教的纳若奔琼手摇单钹，腰别皮鼓，奔向峰顶。而佛教的米拉日巴却稳坐山洞中与弟子们讲经传道。到了日上三竿，他方才走出山洞，望见纳若拼命绕山而上，他悠然对弟子们说："此人乃无能之辈。"过了一阵他才平步青云，扶摇直上山顶。待到纳若筋疲力尽到达山顶时，见米拉日巴早已在此诵经，便羞愧得双腿瘫软，连人带鼓滚下山去。它掉下山的痕迹便成了雪山这道冰雪不能淹没的深沟。

争夺"神山之主"的，还有印度教人。据说，此山原是平原，后来突然出现了此山，消息传到印度，一高僧贡氏赶来，想搬走此山。他想用绳子将此山拉走。在拉的时候，却突然出现一群仙女在身旁跳舞，他便忘了拉山。而此时，释迦牟尼知道众多教派的相争，觉得"此山就应在此，不能搬至他处"。于是，他用脚在神山的四周踏了四下，以作标记，并令四面神看守神山。等贡氏看完舞蹈后，再去拉山时，却怎么也拉不动了。于是，神山一道道的绑痕，便就此留了下来。

关于神山的传说不胜枚举，每一种传说都有数种不同的叙述，但不管哪一种传说，或者哪一种叙述，都牵连着神山的历史和宗教的脉络。对于各大教派的信徒来说，冈仁波齐的存在，就如太阳的存在一样，是唯一的。它的美与神圣，经过千百年人类无数次的神话叠加和历史与文化的累积，再加上信徒们络绎不绝的朝拜，早已成为一种无限。

夕阳西下，乌云笼罩山顶那一瞬间，眼前的雪峰突然像魔鬼一样令人恐怖。它的四周盘旋着巨大的疾风，流云飞涌。它在骤然而至的暮色里隐于无形，但却有一种奇特的气势，让人不敢接近。它像隐于一切背后，缥缈浮动，看不见，摸不着，却又在足以包围感官的四处弥漫或四处聚合中。所有的一切，都令人感到有一种冥冥间的气息笼罩，有神性，也有魔性，那都是极端化的存在。

那晚，我们住在神山脚下。深夜的时候，风轻云淡，几点星星偎着一轮圆月，冈仁波齐透出一股暗幽幽的银白色。她在月光下静静伫立，端庄祥和，显得无比圣洁，就像一尊大佛。

真是变幻莫测啊！那一夜，我倚着窗，无法将目光从雪峰上移开。好像有魔音从雪顶传来，竟然有一种想登上去看看的欲望，希望能去碰一碰那山顶闪着魔光的白雪,看一看站在山顶会有怎样的胜景出现。突然便明白,并理解了登山者的渴望和激情,那来自雪顶的吸引和诱惑,确实令人难以抵抗。

据说,曾有很多登山者都想登上冈仁波齐雪顶,但至今,没有一人能够如愿。有人说,那是神灵居住的地方,作为凡夫俗子,只能绕山而行,永远无法到达山顶。在这世上,有很多愿望,都是我们无法实现的。

夜已很深,心里竟有些荒凉,还是睡不着。于是开了头灯,翻看一张不知被谁丢弃的旧报纸。看到一则关于耶路撒冷的报道。我从未到过耶路撒冷,也许永远都到达不了。但耶路撒冷这四个字,总是会出现于电视、网络或者报纸的醒目处,以一种受苦受难却傲然不倒的身姿。今夜,在有着众多教派纷争的冈仁波齐峰下,再次读到这四个字,心里莫名地浩荡起来,感觉有漫漫悲情,在四处汇聚弥漫。

听说我在德令哈

听说我在德令哈

朋友来短信问,你在哪儿?

我说,在德令哈。

德令在哪哈?

雨过的下午,我无聊地站在旅馆的窗前,窗对面是广场,旅馆与广场之间的马路旁边栽着一些树。我正看着这些树打发时间。

我先是麻木不仁地看着它们,视而不见地看着它们,风把它们摇晃起来,把它们弄出些动静。我不知道那些树的名字叫什么,树上明明长了许多叶子,看上去很茂密,但却没有一点绿意,与嫩翠更不搭边。

像进了理发店的女人的头发,被理发师用劣质烫发水在高温下烫坏了。头发还是头发,却水分尽失,没有多少生命力。我稍抬头,太阳光直射在树梢上,直射着大地。

我戴上帽子与墨镜，走在阳光下，能听见皮肤被灼伤的声音。我感觉体内的水分被迅速蒸发的过程。防晒系数再高的防晒霜，涂在皮肤上也不会起多少作用。

这里的阳光与南方无关。在南方生活的我们，天天能看见太阳，却从来都不曾感受到太阳能射出如此强烈的光。

我的地理知识薄弱，正想着如何向我那位朋友解释"德令哈"三个字是完整的地名，是蒙古语，"哈"字不是语气助词。我的手机里又跳进来一条短信，是另外一位朋友发来的。原来她俩在一起喝茶。不用问，茶楼一定在西湖边的那家。那是我们常去的地方。

听说你在德令哈？

我看了半天，也不知她的那个"哈"是我们平时常用的语气助词呢，还是她知道德令哈这个地名？我搞不明白她们是否已经知道了。

搞不明白的事，我已习惯让它不明白去，没什么大不了的。但我明白，假如我不是在德令哈，而是在更远的纽约，或非洲，她们一定不会问我纽约在哪里，非洲在哪里？虽然她们同样也没去过。

其实也没什么好惊怪的。假如不是海子的那首诗，我应该也不知道德令哈。

海子用他的生命成全了诗歌，让沉寂的德令哈从此不再沉寂。

那天在迪欧和同学喝咖啡时说起海子。在西宁的这段日子里，我们自然而然地，常常会说起海子。我问他假如你的诗歌和你的生命，两者之间需要付出其一来成全对方，你会付出生命,还是放弃诗歌?

他说,我会选择诗歌。

生命不重要吗?

当然重要,但不能跟诗歌比。

我看着他将一口冰摩咖吞进肚里,然后抬起头目光坚定地看着我。我在他眼里忽然看见类似悲情或对生命无所顾忌、举重若轻的姿态。这是诗歌的姿态。我想,我得回去重读他写的诗。

记得读海子写德令哈的诗,是在得知海子自杀身亡的消息之后。一个悲凉的夜晚,我在网上乱搜海子的诗,搜到《姐姐,今夜我在德令哈》:

> 姐姐,今夜我在德令哈,夜色笼罩
> 姐姐,我今夜只有戈壁
>
> 草原尽头我两手空空
> 悲痛时握不住一颗泪滴
> 姐姐,今夜我在德令哈
> 这是雨水中一座荒凉的城
>
> 除了那些路过的和居住的
> 德令哈……今夜
> 这是唯一的,最后的,抒情。
> 这是唯一的,最后的,草原。
>
> 我把石头还给石头
> 让胜利的胜利

今夜青稞只属于他自己
一切都在生长

今夜我只有美丽的戈壁 空空
姐姐,今夜我不关心人类,我只想你
姐姐,今夜我在德令哈,夜色笼罩
姐姐,我今夜只有戈壁

应该是在那夜开始的,德令哈带着刺目的荒凉和它忧伤的气质,进入我内心。我知道,它在草原尽头,在太阳的另一端。远离尘嚣,远离繁忙的时间。我也知道,终有一天,我会走到德令哈,走到一个没有时间的地方。

屈指算来,离开德令哈不过一周,奇怪老是出现幻觉一样的疑惑,我是否真的到过德令哈?在德令哈遇见的人与事是否真的存在过?虽然这些疑惑一闪而过,只是恍惚着。闭上眼睛想一想,德令哈所到之处即会无比清晰地浮现在脑海里。

然而,这些记忆,记忆里的那些人与事,它们飘浮着,不长根,仿佛一不小心,便会消逝无踪。

不知道为什么会这样?是不是因为走了太久,累了,失常了,所以恍惚了?

那仁居格再次电话打过来催问:是否回家了?书是否寄出了?文章是否写好了?他是一个极度认真的人,是我半个月的学兄。答应他的事,我没理由推拒,必须认真完成。我人还赖在西宁,书要回到杭州才能寄出,但文章可以写。

// 德令哈·金子海

于是，在宾馆房间里坐下来，打开电脑写文章。还是恍惚。那么，就恍惚着写吧。看看我的文字在我流水式的行走中，能抓住些什么。或许恍惚，本身就是我对德令哈之行的一个注释。

充满歌声的饭桌

7月15日，从西宁到德令哈只有夜里十点的一班火车，凌晨四点多到达德令哈。那仁居格说他来接我。我拒绝了。凌晨4点多让人家去火车站接人，说什么也是过意不去的。

但他还是固执地来接了。也幸好他来接。火车站里居然没有一辆可以去城里的车，连出租车都在家里睡觉，不愿在凌晨做生意。这班火车的终点站是格尔木，德令哈只是过站。我在卧铺上睡着了，居然到点也没醒过来。

在经停的几分钟内，我被列车员催促的声音叫醒，来不及系好鞋带，拖着大大的行李包，被驱赶一样赶下火车。

　　凌晨的德令哈有些冷，我只穿了一件短袖的白色T恤。记起来朋友们送我上火车的时候，一再提醒我要穿外套。可我不听话。以为不会太冷。

　　那仁居格把我安全送到宾馆回家去休息了。宾馆有些破，我换了家干净的。第二天才看清楚，我住的那家宾馆叫"蓝天"。我在蓝天睡了一个短而沉的觉。是忽然醒过来的。有些不知身在何处的感觉。

　　窗外在下雨，是那种猛劲而暴烈的雨，你没法冲破它出门。也许，我是被雨声吵醒的。

　　我把窗推开一点，就那么一点，汹涌的风灌进来，冻得我直打冷战。好大一场冷雨，把夏天瞬息间变成了冬天。

　　我在冬天一样充满寒意的房间里不知所措地往身上添衣。穿好衣服却不知该往哪里去。只是看着窗外在雨水中荒凉的城，感到自己的身心也荒凉不已。

　　幸好高原的暴雨下不长。雨停的同时，太阳即会升起，迅速抽干雨水的潮湿，气温骤然回升，大地恢复燥热。

我一个人四处乱逛，跑到了可鲁克湖和哈里哈图，直至疲惫了才回来。

晚上那仁居格来找我，要请吃饭，说是为我接风。我跟着他走到一家蒙古餐厅门口，他忽然站住，左右为难地问我，是否愿意跟他们一大帮蒙古人一起吃饭。

我说没问题。他还是为难，问我吃不吃得惯蒙古餐。我再次对他说没问题。他想了想，说还是为我单独开一桌吧。他吞吞吐吐地告诉我，两个小时前就打电话找我，我还在赶回来的路上，那时一桌子人便开始喝酒了，差不多喝高了，他怕我不适应这些人与饭局。

怕什么呢，不就应个饭局？在我的坚持下，那仁居格才勉强答应不另开一桌。

他叹着气，把我送进餐厅二楼的一个大包厢里，一副把我送到另外一个世界去是非叵测的模样。

包厢里笑闹声与歌唱声不断。成吉思汗的画像贴满墙面。一大帮人，男人女人，都在喝酒，都在尽兴中。这是一个令人愉快满足的现场。而我进入这个现场，混迹其中，却没有人真正把我放进去。我是独立的。

当他们用蒙古语交谈，然后爆笑如雷的时候，我只是看见和听见他们在说在笑，事实上我根本听不懂他们在说什么笑什么，像来到了另外一个国土，听着他国的语言。除非那仁居格把蒙古语翻译成汉语给我听。我笑着听完，听完后也笑一笑，事实上未必有多么好笑。但作为一个独特的外来者，你得表示出自己的谦逊。然而对这个饭桌上的人来说，仅仅表示谦逊没用。也许在他们看来，谦逊是一种伪装，是一种分散注意力的战术。

他们的文联主席斯琴夫看我的目光带些好奇，那是打量人的目光，藏纳着些许笑意，表情里有一种快乐的傲慢。因为他是这里的主人，是受朋友和下属敬重的领导。他在餐盘上挑出一根羊骨头,随手递过来。我说了声"谢谢",拿过来就啃。羊骨头如此巨大,我埋下头啃它的碎肉。斯琴夫看着我啃骨头的模样,大笑起来,站起身向我敬酒。

事后,他告诉我,是这个细节让他迅速接纳了我,认为我的骨子里有着跟他们一样的豪迈和爽朗。但我并没有告诉他,我其实不爱吃肉,更不爱吃羊肉,在平时我也几乎不沾酒。但在那里,我成了个大口吃肉大碗喝酒朗声大笑的女人。

我想起来,那天我已一天未曾进食,虽然也不觉得饿,但到了晚餐时间坐在餐桌上,总是想吃些什么的。可是,一桌的蒙古餐,令我痛不欲生,我的筷子在餐盘之间徘徊来徘徊去,却无从下手。最后我把羊肉馍馍的皮子一点一点撕下来吃掉,羊肉馅留着。那仁居格坐在我身边,沉默而无比痛惜地收集着被我丢弃的大块大块的羊肉馅。

我的蒙古族朋友们,一致认为我是他们遇到的最可爱的南方女子。我也喜欢他们,爱他们喝酒吃肉的豪迈劲,爱他们的歌唱,也爱他们的才华。斯琴夫谱的曲子和歌,被一桌子人轮流引吭高唱,那情景真是令人感动。他们唱的大多是赞美家乡的歌,比如金色的德令哈、美丽的巴音河等,还有一些关于家乡的情歌。他们深爱着这块土地,把自己对家乡的热爱谱成曲子,在民间,在饭桌之间反复高唱。

他们一首接一首地唱,一个挨一个地敬酒。我也站起来回敬他们,回敬必须唱歌,我把江南小调哼得轻柔细软,故意与他们的豪迈壮阔引成反差,惹得他们忍俊不禁地大笑。我已完全融入他们。

阿力腾和才仁措以歌声表示了她们对我的欢迎。她们说，我一个人跑那么远来到这里，令她们心生敬意。走出家门，走在陌生的土地上，是她们共同的梦想。她们说，我在实现着她们的梦想。借着酒，才仁措劝我吃羊肉，她认为羊是世界上最干净的食物，它们吃草原上的草，没有一丝污染。

青力玛让那仁居格传话，说她喜欢我，并坚持第二天陪我去外星人遗址。她的歌声与她的容貌一样美丽。她所经历的人生故事却令人疼惜。在另外一家小饭馆的角落里，我听她说她的人生故事。她的新婚不久的丈夫忽然遇车祸身亡，留下她和她一岁多的孩子在世上……隔着桌子，我一直想站起身抱她一下，可我一直坐着不动，假装很忙碌地对付碗里的食物。我怕我会哭，怕再次惹出青力玛的伤心。我只劝她，要好好活下去，为了那些爱过你或正在爱你的人。我也是其中一个。我也爱你，青力玛。遥远的地方，从此会多一份温暖的注视。这真是一种奇怪的表述。但无可置疑，瞬间流露的真情已让我深陷伤感与不舍之中。

最奇特的是可可西里，不仅仅他的名字，还有他豪迈中略带羞涩的笑容。听完那仁居格的介绍，我带着诧异的表情冲他笑。你怎么叫可可西里？我去过可可西里。

可可西里说，你去的可可西里是无人区，而我是有人区，下次也欢迎来有人区走走。多好玩的建议！可可西里表示他也愿意陪我一起去外星人遗址。我们说好天亮就出发。

说笑唱歌喝酒，直至深夜十二点。一顿饭的时间好长。以为散了回去休息，可有人提议去吃烧烤，去吃肉。也许后半场的饭桌，只剩下酒和歌声了，刚从饭桌上下来，他们又饿了。那就继续去吃肉吧。

我跟着他们，走在德令哈空旷的街道上，不知道将要去哪儿，我只知道那儿必定有肉，有酒，有歌声，有欢笑。他们不断地回望身边的我，也不知是什么令他们不时发出唏嘘之声。有些莫名，有些不可思议，像在经历一场奇遇。

是不是，他们也会如我一般恍惚，怀疑我是从《聊斋》里一不小心走下来的女子，天一亮就要变回原形？

青力玛提醒我，宝贝姐，说好了明天一起去外星人遗址。

说好了，明天一定去！我握了握青力玛的手。

探访外星人遗址

闹钟把我叫醒。我从床上起来，习惯性地朝窗外望去，又是阳光充足的一天。广场上有人在跳舞，舞跳得很安静，没有歌声，也没有喧闹声。德令哈的广场与街道很安静。可我却不安静，心一直闹着，也不知为了什么。那仁居格打来电话，说他们已经到大堂门口等我了。果真守时，约好了9点出发，分秒不差。

为了抵挡阳光的直射，我在吊带裙外面又披了件长袖衬衫，红裙子长出来一截，裙子里又套了件宽腿裤。我总是这样，一高兴，就会穿得披披挂挂、层层叠叠，把自己搞得很波西米亚，很流浪的样子。不管别人看来是否生姿，先让衣衫摇曳起来。

走向大堂门口，我遇见了可可西里和青力玛。仅仅隔了一夜，他们像不认识我似的，惊呼一声，看我的眼神有点像看外星人。可可西里说，你比昨晚更美了！我更愿意相信，对可可西里来说，他看到的主要是异族人的新鲜，其次才是美。

可可西里和那仁居格准备了一箱矿泉水和一大袋馍馍,说万一在路上饿了可以拿来充饥。我说那边没有店吗,饿了可以在那边买啊?可可西里说,那边是沙漠,人影都没有,哪来的店?

开车的是周师傅,那仁居格的朋友。我问周师傅到外星人遗址要多久。周师傅说,不出意外的话,大概两个多小时会到。

但是,很快就出现了意外,车子约开出一个多小时的样子,青力玛接到一个电话,当时我坐在前面的副驾座,她坐在后面,我完全没有在意她的电话。就算在意,也听不懂她说了些什么。她说的全是蒙古语。

车子在草原上的一个蒙古包里停下来,可可西里和那仁居格要将青力玛留在这个蒙古包里,等我们傍晚回来才带她回德令哈。我当时非常疑惑,青力玛告诉过我,她从来没有到过外星人遗址,这次她再三表示愿意陪我一起去,怎么突然在半路上说不去就不去了呢?再说,在草原上又没有回德令哈的班车,她得一个人待在蒙古包里等我们回来接她,差不多要等上一天时间。我问青力玛为什么不去了?青力玛没有告诉我。我问可可西里和那仁居格,他们也不说。问周师傅,更是一问三不知。

蒙古包里有一伙人在开同学会。其中一个女孩认识青力玛,我以为那是她同学,青力玛是否也要参加这个同学会,而放弃跟我们一起去外星人遗址?当我这样问他们的时候,他们不约而同地说,对,青力玛要在这个蒙古包里跟同学玩,不跟我们去了。

我释然了,在草原上我跟青力玛拥抱,告别,并祝她玩得尽兴。青力玛拉着我的手跟我笑笑。我突然觉得她笑得很努力,表情里有些淡淡的哀伤与惆怅。我以为那仅仅是我的错觉,青力玛她其实并不会哀伤,因为她马上可以跟她的同学们一起疯玩,进入另一种热闹而欢乐的场景里去。

她会开心起来的。在路上,我一直这样想。

// 外星人遗址

继续开了一段路，又一个意外来了。一辆庞大的压路机挡在桥的中央，我们的车根本绕不过去。桥下的水联结着可鲁克湖和托素湖，可鲁克湖是淡水，托素湖是咸水，但并不妨碍它们之间的对流。有人说，它们是褡裢湖。也有人说，它们是情人湖，虽然各居一方，却日夜相连着。

那仁居格和可可西里多次来过这里，他们说只要过了这座桥，离外星人遗址就不远了。但桥被压路机堵死，越不过去。我问他们有没有可以绕过去的路。他们说，没有路，这座桥是唯一的通道。

桥下有两个修路工人，那仁居格和可可西里抱着一线希望过去问他们是否能够把压路机移开。修路工人说，他们没有钥匙，就算有，他们也不会开。那仁居格问那个开压路机的人去哪儿了？

去那边蒙古包了。修路工人说。

知道他电话吗？

不知道。

蒙古包离这多远？

开车来回约四个多小时。我看找到他也未必能把压路机开走。

为什么？

　　听说这几天有领导来视察，前面的路没修好，不让车子进去。

　　那仁居格和可可西里朝我看一眼，我假装轻松地走开了。我听见他们跟修路工人继续周旋，希望能够另想办法。可可西里说，我们都是本地的，今天能否过去倒不要紧，但我们的朋友是从几千里之外的杭州过来的，今天去不成，也许她这辈子都有可能不去了。那仁居格也应和着，几乎用极尽讨好的语气在跟修路工人商量。

　　我不忍心再听下去了。我知道我去不了外星人遗址了，心里有遗憾，但两个大男人徒劳地为了我能达成心愿而向修路工人求助的模样，更令我感动。

　　我爬上一座土坡，是疏松的棕色钙土。看见浩瀚而沉寂的戈壁滩。风真大，也不知从哪个方向吹过来的。我记得我站在风里，给一位朋友打去电话。衣衫和心绪全乱了。我说今天去不了目的地了。

　　没关系，目的地可以改的。朋友这样劝我。

　　也是，目的地与我来说，总是存在着太多的不确定。

　　奇怪的是，可可西里挥着兴奋的手臂，朝我呼喊着，让我上车。原来他们居然从修路工人那儿打听来另外一条僻径，但那条路少有人走，绕过去得多花费几个小时，而且容易迷路。但他们不管那么多了，周师傅也表示愿意试着走一走。

　　上车前，修路工人让我看他的手机视频，说是从外星人遗址拍来的。他说，就这么一个洞，里面什么都没有，其实不去看也没什么的。我对他笑笑，表示感谢。

　　三个多小时之后，我们终于找到了外星人遗址，感觉像探险一样。但真正到了外星人遗址，却一点都没有险的感觉，倒觉得处处布满玄机，有非人间的气息。托素湖非常漂亮，水透蓝透蓝的，感觉这样的湖水里应该藏匿着美丽的水妖。我赤着脚坐在岩石上,任凭咸咸的湖水漫过脚面,太阳直射着,存了心想晒得人皮开肉绽。但湖水却冰凉冰凉的,怎么晒也晒不暖。湖水边无数的石头,像人一样站立着,有的脖子上挂着一条哈达,哈达已泛黄,风吹日晒的,所有的颜色都将褪尽。外星人遗址的这座山叫白山,也被当地人称作白公山。明明是泥沙的颜色,或者石头的颜色,却被称作了白山。

白山无须仰视,它实在不高,连山峦也不算,充其量是一座小土坡罢了。传说中的岩洞和洞中神秘出现的铁质管状物就在这里。铁管是如何生成的,到底是否外星人留在此地等等,这些问题都忽然变得不重要了。但真的不重要么?其实也是重要的。假如不是这些传说,我就不会千辛万苦来到这里。几乎所有的山洞,不管其大小深浅,都有各种各样类似虚构的说法和故事。因为有着这些故事的存在,走进山洞和经过一片平原的心情截然不同。白山下的山洞也是如此,储藏着故事、储藏着传说、储藏着秘密、储藏着黑暗、储藏着巫幻一样的气息。它引领人去进入、去探知,探知世界的秘密、古代的秘密、外星人的秘密。

我终于走进洞里,却一分钟也待不下去。命令自己呆下去都不行。无数的蚊子把我轰赶出来。蚊子可真多,而且巨大。每一只的个头远比苍蝇大。

被蚊子赶出洞口时,我忽然对这些蚊子心生敬畏。这里没有任何花草树木与食物,但它们却能够存活下来,而且活得猖狂嚣张。

在白山的另一端,我看到了飘扬着经幡的敖包。从成吉

// 德令哈·马群

思汗开始,每逢大事或出征,都要到神山脚下,摘帽披戴虔诚祈祷,以求苍天保佑。如此的祈祷方式,在时间的推移更替中,渐渐成为一种神秘的文化现象,成为蒙古族的古老传统。可可西里告诉我,在每年的五月十三日,草原上的蒙古族男人便会聚集于此,举行他们一年里最为隆重的祈祷和祭祀。然而,女人不得靠近。女人是不干净的,会冒犯天神。

我忽然明白过来青力玛为什么不能来的原因了。后来问她,果然是她妈妈得知她要到外星人遗址吓破了胆,断然命令她不得前往,怕她靠近敖包。就这样一个电话,让她一个人在蒙古包里等了我们一天。蒙古包里的同学会原来跟她毫不相干。

必须离开德令哈

买不到咖啡。没有人陪我一起喝咖啡。晒伤的皮肤生疼。每天每天望向窗外，无边无际的天空，无边无际的沙地，无边无际的太阳光浩瀚惨烈无情无义，无边无际的孤单迎头而上。

这是一座陷落荒凉的城池。作为一座城，它已然应有尽有。人群、高楼、商店、旅馆、车来车往……但我总觉着它缺了什么。这几天我的双眼受伤一般，到处寻找绿色，寻找植物。是的，这座城市缺少花草树木。像一个严重失却水分的人的躯体，只剩一副骨架与干枯的脏器，多么令人害怕。

也许有些人会不以为然，花草树木永远不会是一座城市的核心，而是城市的陪衬与边缘。就如爱情于生存，纵然拿来最美的爱情，总比不过生存本身之重。没有爱情不会引起人们的恐慌，而生存一旦面临问题，恐慌即会产生。

我从南方来，那里满世界的花草树木，满世界的绿意葱茏。我很难想象，当所有的花草树木突然消失，我眼前的世界，是否还是世界？也许我的双眼里，除了孤单，应该还有恐慌的成分。也许不仅仅是恐慌，更有类似压抑的感觉。

想起海子在德令哈，是否也曾用他那双受伤的眼睛，寻找过绿色？显然，他并没有找到，也没有获得爱情。他只获得了诗歌，获得了绝望。

必须离开德令哈，离开这座荒凉的城。

到拉萨去。从荒凉到荒凉。

我相信我有自虐倾向。可我忽然举棋不定。去拉萨的日期一再滞后。大太阳把我关在蓝天旅馆里，令我产生自我丧失的感觉。我犯着一种不知情的病。病因希望而犯。我却不知道自己在希望什么。

一场大雨浇灭了无中生有的希望，治愈我的病。我在旅馆楼下拦住一辆的士。司机是个女的,问我去哪儿?

我不知道去哪儿,哪儿可去?这里于我全然是个陌生的别一世界。我让司机报几个地名让我选。她果然报出来好多地名。每报一个地名,就会随带着一番介绍。她对我充满好奇。

我们先去了可鲁可湖,然后再到金子海。决定去金子海的时候,她犹豫了,天刚下过雨,去金子海的路有一段得经过沙土,她怕车子轮胎打滑飘移而陷入困境。她说她不敢去冒险,因为在那段路上曾经出过事,车子陷进沙里之后,连车带人都消失了。

不会有事的。我反过来劝她。

她还是叫上了她老公。她说有个男人在身边总是安全些。她给我和她自己提供了一份庇护和安全感。她说万一车子陷入困境,可以有个推车的人。

没有遇到任何困难轻易地到达金子海令我惊喜。金子海位于乌兰县城的西南边,离德令哈大概两小时路程。快到金子海的路上,左边是沙漠,右边是草原,以路为分界。这条曲弯的沙路,像是两个截然不同的世界的分隔线,又是连结线。到达金子海,仍然是这样的景象。湖水的西北部分是沙漠,湖水的东南部分却是被芦苇环绕的沼泽地。

这是一个叫人迷失的地方。看上去很矛盾,也很荒谬。芦苇高过我的头顶,密集地生长着,拥有着南方一样的芬芳和葱郁。像平铺直叙的故事忽然加进了引人入胜的修辞,湖水也变得生动妖娆起来。

芦苇丛中,有雁飞过,飞上天空。在湖水折射的光影里,大雁留下的痕迹,会不会成为另一种文字的可能性?也许,在未来的某一天,人们会阅读这种文字,也会识辨它和翻译它。那么,雁过留声处,会有一首广阔无垠的诗在天上展开。

不知为何,这段话让我落泪。我多像那只飞过天空的雁啊。

我折了根芦苇，绕着湖边走。湖水真干净。像走在天上人间的边缘。有一种难以置信的、残酷的美。这样出奇安静的美，本不该属于人间。它令我产生一种错觉，仿佛遇见一位旧时的美人被遗弃在天的尽头，因为恶劣的天气和路途遥远，而永远等不来她的情人。

风走过来，又走过去，永远走不出它自己。我听见一些声音，像呜咽，又像绝唱。

一个老人走过来，老得只剩下牙床。他使用当地方言向我问好。女司机赶过来翻译，说老人刚才说话的大意是：远方的客人，你来自哪里？

我告诉他，我从杭州来。他不知道杭州在哪儿。我又告诉他在浙江。他仍然不知道浙江在哪里？他迎我们进他的帐篷。帐篷里有青稞酒、白面馕、杂碎汤、白水羊肉。这几样食物，几乎在每一个帐篷里都能看到，亘古不变。

天快暗了，他的羊群回来了。我双手握着一张巨大的白面馕，一口一口地啃进嘴里，嚼几下，再嚼几下，强迫自己咽进胃里。我看着那老人与羊群走在一起，忽然莫名伤感。恍惚时光急速回转，回到原始的旧时代，回到最最简单的生活中。

从金子海回德令哈的路上，又逢大雨。漫无边际的雨帘中，仅我们一辆车子在穿行。女司机热情地邀请我去她家做客。她那一路沉默寡言的老公，也在我下车时盛情相邀，说他家备有现成的羊肉和上好的馕和青稞酒。他们对我像青稞酒一样热烈的邀请，差点让我以为我们原来就是朋友。

遇到的都是好人，可难以在心灵上迅速产生沟通，孤独更深命令自己离开。去拉萨的火车天天都有,但就是不肯动身。终于下定决心去火车站买票的时候,忽然想回西宁,继续留在青海。原来改变我的行程与目的地,只需要一分钟。我无法解释自己说变就变,像风一样的思绪。

但那些思绪进入我内心,搅乱我,强而有力地对我进行指挥,一些词语热烈地环绕我,直至进入我的情感中心,完全将我控制。仿佛回到西宁,便回到花开的世界、回到绿意盎然的春天、回到爱的怀抱、回到天与地、人与自然对我的恩宠里。我愿意相信,这份恩宠与施予,是冥冥中依据某份诗歌的图纸复活的。

离开德令哈的某夜,我偎在西宁的床上,昏昏欲睡,忽然被一个短信惊扰。短信是我的一个同学非我发来的,他从敦煌到达德令哈,听说我刚到过德令哈。于是发来短信说,他在德令哈的巴音河畔喝酒,想起海子,也想起我。

海子死了。我活着。然而却是昏头昏脑地将欲进入小死亡状态。一个叫非我的人在德令哈发来短信。我的意识无法迅速恢复完全清醒的状态。仿佛我去过德令哈,是刚刚从非我那里听说的。

祁连山的后遗症

祁连回来之后，仿佛染上了一种病，抽丝般难以痊愈。一个多月的时间里，思绪总会跑回祁连去。我每天想把它写出来，然后置它于记忆深处，不让它时不时跑出来折磨我。然而，每次坐下来欲写它的时候，文字却会自动消解在叙述的虚无缥缈之中，进入一种混乱或者泯没状态。

无法一吐为快。一吐为快多好！吐干净了，人便通畅了，舒心了。这种感觉在祁连曾经有过，置身于苍山和大地，人与思想都是流畅的。那种流畅仿佛一个酒醉后的人说出的话语，语调或许是含糊的，但传达出来的意思却是最真实、最清晰，和最纯粹的。

我经过很多山，从来没有一座山，会像祁连山那样给予我一种强烈的感觉，感觉在地老天荒之中派生出来的荒唐、魔幻、离奇、骇人，以及伤感与温柔，这些词，在我面前犹如深渊般的存在，却无限接近真实，接近内心。生与死、爱与恨、真实与虚幻、伦常与变态、由潜在的存在向现实的存在的过渡，恍若蛛丝般轻薄。这不是一种表达，只是一种存在。

确切地说，我在祁连只住了两个晚上。住在回族人开的旅馆里。旅馆是一位司机帮我订的。我在大太阳里进入祁连，周围都是祁连山脉。祁连县城就像一个小小的部落坐落在祁连山的腹部。

当天傍晚，朋友带我去卓尔山。站在卓尔山顶上，从每一个方向往下看，都有截然不同的景色，金黄的油菜花、波浪一样的青稞、赤红色的丹霞地貌、连绵不绝的高山草甸。摄影发烧友们聚集在山顶上，镜头四处出击。太阳落下山去，月亮升上来，马匹低着头，在月光里慢悠悠地啃吃青草……这一瞬间的美与静谧，散发着神的光辉。你仿佛可以感知，神就在你身边，就在我们的头顶，俯瞰着大地与芸芸苍生。

天地无德，苍山无语，但却在那个瞬间向我传达了无与伦比的丰富性，让我想起人活在城市里的永恒的匮乏与焦躁、嘈杂与不安全。

喜欢在祁连山上的傍晚，它让我沉静，也让我难受。带我来山上的朋友也在难受着。只是，他的难受与我不同。他正沉浸于一场移情的伤痛中。而我却待在他身边，让他当我向导，陪我看风景，不理会他的伤痛。我在风景面前自顾自表现出来的狂欢或者悲喜，使他的伤痛更显残酷。这我知道，但我无能为力。

第二天，便不再约他去。一个人在路上叫了辆出租车，前往山顶去看日出。但还是错过了日出。迟到的原因是我睡晚了，另一个原因是，那位司机居然让我在车里等了快半个多小时，他说要带他的老婆也一块去山上，说是顺路的。顺路倒是顺路的，没绕一点路。问题是，他进到工棚一样的矮房子里去叫他老婆,再等他老婆换好衣服安置好孩子出来,时间已过去半个多小时。这种事在城里是不可能发生的。只要客人坐上出租车后,车与司机就得为客人服务。但那儿的人,好像并没有这样的意识。因此,司机与他老婆并没有向我表示一点点的歉意。

他老婆上车的时候,我回头看她,一个差不多刚满二十的少女,单纯得像孩子,却已做了小母亲。孩子八个月大了,外地人,结了婚跟老公来到祁连,生孩子、养孩子。好不容易孩子让邻居抱走了,趁这机会免费跟老公去一趟闻名的卓尔山看回风景。

太阳光猛烈地照射着大地。我们三个人顶着日头绕着山路往上爬。这个时候,我已经完全释然了,一点都没有抱怨的意味。错过日出又怎样。这对小夫妇的淳朴与真实令我心生感动。

下山的时候,那个瘦黑的小女人问我,姐姐,你拍这么多照片有什么用啊?我一愣,一时不知如何作答。

是啊,拍这么多照片有什么用?想起我在忙着拍照的时候,她和老公却旁若无人地手牵着手,四处晃悠,专注地看眼前的风景。他们才是真正看风景的人。

与卓尔山对应的是牛心山,海拔在四千多米高。当地人说,卓尔山是女性的山,而牛心山却是男性的山。到达牛心山,也是在傍晚前。牛心山上没有成片的油菜花和青稞,没有色彩给予它的层次感。它只是由一层草皮覆盖,绵延向远方。

群山静默着,云和光线瞬息万变。四周似乎有声,又似乎无声，天空蓝得发紫，太阳落下山去，风也停了。凝视着前方，你会感到无比的辽阔与沉静。遥远的天际下面有一座村庄，在云雾里看上去有点像海市蜃楼。也不知为什么，忽然有一种苍凉、悲悯和巨大的酸楚，从静里渐渐溢出来。或许，这种感觉就叫永恒。

我像遭遇了永恒。这个瞬间的永恒令我感动不已。这样的感动，回到城里之后，再难向人表述。对任何一个实用主义者或从未领略过这种时刻的人来说，这样的感动是不存在的，近乎虚构。

还有，我遭遇的那些人，也像是虚构的。但他们真实地生活在那里。还是说司机吧。去牛心山的司机是朋友叫来的，说好上山下山，来回一百块钱。我们在千佛岩和开满鲜花的草甸上看风景，他就一直等在帐篷里。那是在山上放牧的藏民的家。天都暗了，他也不催促。等我们过去，

他说，饿了吧，我请你们喝酸奶，这里的酸奶是藏民自制的，绝对正宗。盛情难却，我们坐在帐篷里喝酸奶，一边与他闲聊。闲聊中，知道他原来在政府部门工作，但后来却辞掉改行开出租车，车子还不是他自己的，是他朋友的，他和他朋友白天黑夜轮流着开。问他为什么把工作辞掉？他说，只是想自由一点。我有些肃然。按常理来说，一个人衣食无忧了，追求自由没什么，但他的生活还只停留

在解决温饱的状态中。

你说他孩子气也好,天真也好,反正不会有褒扬他的意思。他显然是个混不好的人。在这个社会上,混不好,便意味着没有出息,没有出息就会被人看不起。难道他会不知道生活的残酷吗?难道他没有想过会被人看不起吗?

我想,也许他真是不太会在意你是否看不看得起他的。他可以置生活的残酷于不顾,坦然坚守那样一份自得又自在的生活。

他温和地与我们闲聊,温和里蕴藏着一份坦然和超然。喝完酸奶,他坚决不让我们付钱,说好他来请的。他为我们付了三十块钱。一百块的车费,请了我们三十,还剩七十,扣去车油费和上交给他朋友的抽成,从下午到傍晚,也就赚了这些。但他那样知足、畅快,还那么慷慨。在我们看来,这样的人可算是古人。"人心不古",说得是人太聪明。他肯定不是个聪明的人。但他一定是个大智慧的人。

离开帐篷,我们下山去。乌云开始聚集,天光破开云层倾泻下来,但已照不亮人间。一切消逝在黑里。夜晚令人产生虚幻感。我是个女人,女人总喜欢想些与风花雪月有关的事,尤其在如此辽阔旷古的山上。在遭遇瞬间的永恒里,我想到,这里应该也有不同于城里的爱情,或许可以称之为"古爱情"。

那么,古爱情会是个什么样子的呢?据文字记载,最古的爱情应该是从《关雎》开始的,"关关雎鸠,在河之洲",在那遥远的河中之洲上,一只鸟叫了一声"关",另一只鸟呼应了一下，又叫了一声"关"。如果是在人声嘈杂的城里，鸟叫的声音是听不见的，唯有在人迹稀罕的地方才能够听得见。于是，傍晚之后，有位古中国的君子听着鸟叫的声音，睡不着了，想起那位美好的女子，想起一段美好的邂逅……

在城里的月光下，我也没有睡着，把自己关进书房里，听见手指敲击键盘的声音，听见自己内心的声音，收拾碎碎念。

在那遥远的地方

每次听王洛宾的这首歌，会觉得有一点感伤，亦有一点动人。脑海里出现的是一个游子般风尘仆仆的男人，在草原上遇见一位纯洁美丽的姑娘……那个遥远的地方在青海，叫金银滩草原。

7月6日那天，浙江和青海作家班的活动里有去金银滩草原的安排。一大早，我就打电话告诉原上草，他也接到了青海文联的通知，让他在海北接待我们。原上草在海北洲文联，编一本叫《金银滩》的文学杂志，还写诗。他是我鲁院的同学，在鲁院期间，他给我的印象是内心安静、习惯于沉默的人。写得一手好字，喜欢成天埋头于书堆里，以至于看上去有点书呆气。

知道我们要去，他早早准备了四十几条哈达等在海北。

可是，他的哈达终也没能送出去。我们的车到达青海湖边的时候，忽然接到通知，前方的路塌了，是夜里的一场暴风雨，冲垮了一座桥，水库决堤，大水在夜里冲走了几十个人，找回来八具尸体，其他人还生死未卜、下落不明。

路在抢修。大车是绝对过不去了，大伙只得改道回西宁。回到西宁后的我，还是坚持想去金银滩。才登和原上草是朋友，也想去看他。第二天，我们搭上了去海北的巴士。原上草在电话里激动地说，他在海北等我们。真是有些傻气的人，他不在单位里等，早早地跑去路口，一等就是几个小时。本来两小时的路，因为路在抢修，车过不去，在路上排队又等了一个多小时。幸好他身边还有海涵陪着，要不他一个人傻站于路口，会更令人过意不去。

见到他时，他的双手拎着青稞酒与送我的礼物。他让海涵为我戴上哈达，说我是他远方来的客人。去年鲁院毕业，是在北京的七月。于这次见面，正好满一年。回想起来，在这一年里，我们甚至连一个问候的电话都没有过，哪怕在鲁院期间，我们也无太多交往。他调侃我是大伙的中心人物，没时间顾着他。其实，我不过是个散淡懒惰的人，对同学或朋友，在场时热闹，转身之后总是疏于问候。

一年前我曾到过金银滩，是从甘南顺道过来的。但那时，并不知道原上草就在海北洲。对于草原来说，一年的长度实在不算长，金银滩在我眼里根本没什么变化，只不过花开得比去年更猛了些。然而，原上草却像变了个人，他变得那么自信、从容，俨然是这个草原上的主人。但感觉得出来，他内心的一份安静没有变。

他让他朋友开车带我们去金银滩，走进王洛宾遇见爱情的那片草原。草原上立着一块巨石，石头上写着《金银滩》三个字，上面还刻着一行小字：在那遥远的地方。

石头背负着当年王洛宾的足迹与情感，如此精确而严酷地立于风中。让人想起"最初的爱情，最后的仪式"这句话。

我已站在这里，站在"那遥远的地方"。一些美丽而神秘的蒙古包毒蘑菇一样开在草原上。原上草说那些蒙古包其实就是旅店，提供给驴子们居住。我有点心血来潮，决定租下一个蒙古包，让自己在这个遥远的地方住下来，安静地写完我的长篇。原上草信以为真，等待着我再回去。事实上，我说那话的时候，确实也是这么想的，我想安静地在草原上住上一段日子，把手头的长篇写完才回家。然而，差不多半个月之后，我从德令哈转回西宁，一个念头便取消了我的计划。我纵容自己继续在青海各地转悠，把写长篇的计划束之高阁。当然，也无心再回蒙古包里去住。

起风了，一场暴雨如期而至。草原上空结满阴郁和冷的气息。两件衣服还抵挡不了来自夏天的寒气，连围巾都戴上了，还是冷。但心却是热乎乎的。身边有温暖的人，有香醇的青稞酒。

喝酒的地方就在草原餐馆里。看见帐篷上的人间烟火袅袅地升入天空，化为无。饭桌上的歌声与欢笑在草原上荡漾，又性情又豪迈。

原上草再次深情地唱起了王洛宾的《在那遥远的地方》。歌声悠扬，人在歌声与酒的交汇中渐渐舒展开来。我不知道喝下了多少杯青稞酒。一个人离开饭桌，去草原上走。

雨停了，风继续吹，带着雨后的清新与潮湿，我站在一万里的西风里深呼吸,果真是迎风流泪了。原上草也跑了出来,要为我在草原上拍张照片。他让我站在青稞地旁边去,跟青稞一起留影。我发现青稞已不是青稞了,都歪头歪脑的,低伏于地。他说,是前夜的冰雹与暴雨把青稞给打伤了。我惊呼出声,夏天会有暴雨,哪来冰雹!他说,草原上的天气就那样无常,叫人捉摸不定。否则那些人也不会无端端便送了性命。他还告诉我,那些被大水冲走的,都是外来养蜂的人。他们没有固定的居所,哪儿花开了,他们便把帐篷扎到那里去。洪水决堤冲走帐篷的时候,他们正在熟睡,无数的蜜蜂与他们的梦一起被洪水席卷而去。

草原天气的无常,是一件很危险的事。然而,在内心里又觉得,在草原上生存的人们,他们的生活虽然默默无闻,却又如此牢固,没有半点抱怨。

那天乱翻书,翻到艾米莉·狄金森的诗句:直到青苔长到我们的唇

上，且淹没了我们的名字。忽然被击中。我们的生活总是离不开爱与哀愁，忧伤与感动。

一些人与场景，在七月的草原上互相蔓延、接壤，最后好像变成了同样的爱与哀愁，忧伤与感动。记忆又总是跑出来篡改着人与场景，让但凡发生在这个七月的事，全都打上了同样的烙印。

海涵和我一样，来自南方的城市，却在草原上一留就是多年，一点也不想回南方的意思。她说她喜欢草原生活的纯粹与简单。她不像原上草那样会唱歌，于是她朗诵诗歌。诗是原上草写的。我记不住诗句，却记住了那时的感动，还有些感慨。像原上草这样将自己深藏在草原深处，一个人写诗，一个人对话，是件多么不容易的事，既美丽又寂寞，还带着些危险的意味。好像独自一人在夜里摸索着走钢丝，喝彩与希望、坚持与执著都来自于他自身的一份不变的意志力。孤独是他必须面对的现实。

对于像我这样喜欢行走、总不安分的人来说，表面上喜欢尝试与改变，但骨子里，却是喜欢恒定的人与事物。对于那些能够坚持与不变的人，总是心怀敬意。原上草应该就是这样的人，他一直在守着某些东西，坚信自己的理想终究会实现。虽然，亦会有些痴缠，有些纠结，但我还是想送上一句遥远的祝福，愿他终会赢得他的成功与胜利。

神山脚下

从来没有想过，我会一个人在神山脚下住下来。想起那些日子，仍然有种不真实的感觉，宛如一个梦境，不太相信那是真的。

这里叫塔钦，坐落在冈仁波齐峰下。村子里没有网络，没有电话，没有电视，仿佛时光倒转，让我回到了远古时代的某个部落里。在这里，连鸡啼都听不到。鸡在这儿无法生存。只有偶尔几声狗叫的声音。人们的作息时间完全由日出日落而定。

高原的太阳落得很晚。我住的小旅馆，一般都会在晚上八点以后，开动柴油发电机，这是最接近现代的声音。我的小房间里，便会有微弱的灯光亮起来。我借着这点灯光，进行简单的洗漱和打理，匆匆上床。在半小时或一小时之后，柴油发电机停止工作。灯光消失。

夜，真的是长而安静的。我能听到窗外的月光，硬是从木窗的裂缝里一点点挤着进来。身下的单人木床，用不着我转身，兀自也会发出一些吱吱的声音来。那宁静，真的能轻易让人哭出来。

太阳升起的时候，我会从小旅馆里走出去，隔着阳光看过往的人。他们的生活很简单，个个神定气闲。

我每天总会沿着溪水走上一段路，溪水静而浅，但它却永不干涸。那水汩汩地流着，发出魔幻般的声音。它是由冈底斯山上的积雪融化而来的。那清澈的溪水，快乐地打着旋，经过这个叫塔钦的地方，流向荒原，最终汇入玛旁雍措圣湖。

在一个秋天明亮而寂寞的午后阳光里，我抱着走酸的腿，坐在溪水边，看眼前的冈底斯山脉。那厚厚的积雪，在天边画出一条漫无边际的曲线，在阳光深处闪着耀眼圣洁的光。云在雪峰深处飘移而过，像变幻无常的白色旗帜。

有人在溪水边，慢腾腾地打满一桶水离去。有人躺在不远处的帐篷外，大晒着太阳。那时，我的心里全是羡慕。看着被阳光晒黑的健康简单的人们，我曾非常羡慕以至于有点悲凉地想，如果我也能生活在这里，像他们一样闲适简单地活着，就太好了。这是货真价实的自由。这样的自由，在我心里熟悉得就像我前世过了一辈子的生活。这是一个远离世俗纷争的另一个世界。我觉得我三十年的南方生活，被一只神奇的大手轻轻一抹，就不见了。

我爱这个地方。然而我不能够为了这个地方放弃一言难尽的生活。就算再留得长一点，也做不到。虽然我明白，物质不能最终吸引我，但我仍然无法做到完全放弃。

几天后，无法排遣的寂寞和思念倾盆而来。我神经质地想家，想离开这个地方。我知道，这里的雪山它不属于我。

它只属于生活在这里的人们。它的神性像旗帜一样,只会在信徒们心里高高飘扬。而我,永远只是一个过客。我没有勇气在这个雪域里生活。它于我来说,是一个走不进去的荒原。

那一天,我懂得了我是一个失根的人。在故乡时,我曾将此处描绘成童话般美好和浪漫,令我无比向往。来到这里,我又想回到故乡去。我是个没有地方可以让我皈依的人。我的精神家园,永远在遥远的心里。我只能倾听并服从自己内心里发出来的声音。

那天下午,我一个人坐在山脚下晒太阳。一个提着水的小男孩走过来。男孩瘦瘦的。看到我时,他将木桶放在地上,用好奇的目光打量我。我指指他桶里的水,问他是从哪里打来的。他朝身后指了指,顺着他所指的方向,我看到不远处有一条溪水。我在包里找出几颗糖递给小男孩,他愉快地接过了。

小男孩带我走进一座低矮的小土屋,没想到那个土屋子里挤挤挨挨坐着七八个人,正准备吃饭。他们的脸膛个个黝黑,非常热情地迎上来。其中有一位青壮年,居然能讲几句汉语,想必是那男孩的父亲。他的辫子长长地垂在肩上,没有像那些当地人那样将它盘在头顶上。由于长时间没有梳洗,看上去非常脏乱而毛糙。

他邀请我一起吃饭,并叫他妻子盛一碗饭给我。他的声音听上去硬而脆,有点命令的味道。

我的肚子确实饿了。但我没想到,我会在他们家里吃饭的。小男孩将糖分给了其他几个比他更小的孩子。我看到他们并没有将糖吃掉,而是放进口袋里。

土屋里有两个窗,窗台上种满花,藤蔓缠绕着窗框往上爬,那些花朵就挂在藤蔓上,也开得摇摇欲坠的,和哑巴喇嘛家里的花一模一样。

// 冈仁波齐峰下苦修的喇嘛

我坐在靠窗的位置上,由于酥油的腥味有点令我气闷,想去开窗,却无从下手,因为我怕不小心弄断了花茎。

男主人立即过来,神情有些紧张,他告诉我最好不要去开窗,说那会弄伤了花朵。那么,整整一个花季,他们都不曾开过窗!更不会把那些花朵采下来,因为他们知道一采下来,这花便活不了了。

吃饭的时候,一大家子并没有围坐在一起,因为他们没有桌子。每个人盛了一碗饭,随便往哪一坐,就埋下头吃饭。我从女主人那里也接过一碗饭,是一碗牛肉饭,牛肉切成大块大块的,有一些汤汁在碗底。牛肉的香味立即飘满了整个屋子，酥油的腥味淡了下去。

男主人在吃饭时，问一些我从哪里来，有否打算去转山，有否到过圣湖等问题。在我们聊天的时候，其他的人便各自吃着饭，聊着与我们不相干的一些话。有一段时间，我静静听他们说话。他们的声音像水一样漂浮着，在这样一个陌生的土屋里，听着熟悉柔和然而就是不懂的声音，思想会有一种奇特的活跃。然而，我深知，我无法走进他们的内心，同他们也无法走进我一样。我们的交流，就像风对于关着的门。

在我们吃饭的时候，还有一只猫和狗，我发现它们吃的也是从大锅里盛出来的牛肉饭，和我们碗里的一模一样。猫在窗台上爬上爬下，但非常奇怪地，它却不抓到那些花朵，也不碰伤那些藤蔓。还有那条狗，慢条斯理地吃着饭，对我的到来，既不抵拒也不欢迎，只看了一眼，便闷头吃它的饭。它的目光看上去沉静而深幽。一点都不像我遇到的那些狗，见了人过于亲热或过于狂躁，善于在人前装疯撒欢，谄媚讨好。想来，那样的狗，又怎能来到这个神山脚下，值得人这样去尊重它？

在这样的雪山脚下，在这块生命存活的边缘地带，想必动物与人的关系，早已不再是一般意义上的朋友了。对于生活在这里的人们来说，只要能够存活下来的，不管是动物或是植物，互相之间都会有一种无须言说的默契和尊重。

// 藏羚羊

可可西里

  假如没有野驴和藏羚羊，冬天的可可西里，用镜头描述的景色几乎是雷同的。一望无际的雪原，天光把远处的雪山照亮，隐约可见。拍一张和拍一千张照片，不会有多大差别。
  那些天的天空始终混沌、阴郁，人在雪中走，风狂扯人的衣裳，像要抓着你没命地奔跑。风在远处咆哮的时候，仿佛有人在云上哭，却不落泪。这时，我的喉咙也会发紧，有哽咽的冲动，但都及时忍住。哭会伤筋动骨，让体力透支。可是，在藏羚羊忽然出现，或者终于喝到一杯热开水的时候，还是禁不住会感动，会落泪。
  在进入可可西里保护区之前，一直没有人，没有别的生命，觉得野驴和藏羚羊就是精灵，是神。
  有一种奇异的感觉，感觉这份无边的空旷早已暗藏于我内心的某个角落，走进它，像是对应上我内心的某个场景，有种做梦的感觉。这个场景，我该在梦里见过，尤其在年少时，我常常在梦中游荡，忽然来到一个空旷无际的地方，怎么跑也跑不到头，怎么喊也不会有人听见，天上人间尽是暧昧混沌，无边无际……惊出一身汗，从梦里挣扎着醒过来。

每当梦醒时，我不能说话，只是一边流汗，一边四肢发凉。某种感觉形不成语言，就像诗歌产生时那样一言不发，或者灵感来临时那样荒涎不经。那是一个人的密码，我内心感受到的，我无法完全传递给你。我做不到。

就像我从来都不喜欢把大房间作为我的卧室和书房，那会让我有不放心的感觉。这种感觉从何而起，我亦无从追究。在可可西里的那些日子里，我从来没有把心放下来过。无边无际的空旷将人的渺小和脆弱映衬得过于清晰。像行走于天地宇宙，心不自觉会沉浸于感慨、感动和感恩的情怀之中。

然而，就是不放心，也不安心。

安多

　　一路狂赶，到达安多已是半夜。这是个十来户人家的小镇子，我们摸黑敲开一家小旅馆的门。记得院子里空无一人，悄无声息，黑黑的地面泛着光亮，脚踩在地上才知结了一层薄冰。摸着墙走过阴寒黑漆的楼道，藏族姑娘为我们开了半小时的电。我们在旧黄的灯下吃自带的干粮，导完照片，半小时过去，电被切断。不管你睡不睡着，你只能躺床上去。被褥冰冷冰冷的，硬得像结了冰。没有任何取暖设备，睡觉时不敢脱外套，将带着的衣服全部压在被子上，才暖和过来。

　　睡前向藏族姑娘讨来一桶水。第二天起床，塑料桶里的水早结成了冰，砸也砸不碎。半干的毛巾贴上去，试图把毛巾弄湿些，却被冰死死粘住。

　　在这个寒冷的凌晨，天还未破晓，我看见大片的云朵浓黑浓黑的。有好多个清晨，我都看见这样的云层，浓黑而厚重。

我看见晨曦之光,那样艰难又隆重地欲撞破黑的云。

本来安多只是我旅途中停留的一个落脚点,半夜进入,天亮前离开,能够装下的记忆不多。

然而,就在那个凌晨,在我们出发前的那一刻,我望着天际的黑云,忽然问司机益西,为什么这里叫安多,是否有祈愿平安之意?

益西的话题由此打开。安多在藏语的意思里,即太阳升起的地方。在他说这句话的时候,我们的越野车已离开镇子,从车窗望出去,天已破晓,黑云像包不住一团火苗,四处冒着清寒灰白的烟。有一户藏民家的屋顶也升起了炊烟,羊群出来啃吃带着霜露的草根。那个瞬间,天与地同时醒来。

我用镜头拍下天地苏醒的这一刻,心里溢满感动。益西手执方向盘,仍然在说话,几年前,他和帮他开车的司机,也是他的朋友,曾带着驴子走过这条路。也是在这个地方,路况不好,车速没及时控制而发生车祸,驴子们都还好,可司机却受了重伤,益西抱着奄奄一息的司机狂奔回安多去求救。

可是安多没有医院,没有人可以救他们。益西抱着他的朋友,急得跪在了地上。只要有人能够救活我的朋友,让我做什么都愿意。益西对着安多说。然而,他愿意做什么都没有用。在这个远天远地远离文明的地方,他只能跪在地上,跪求苍天,直至他怀里的朋友闭目而去,永远离开他……

这场经历改变了益西的一生。后来他卖了车、赔了钱、离了婚,他将他的人生重新清零之后,又开始了新的旅程。他没有离开过藏地,继续带着天南地北的驴子们一次次探入高原腹地。

我很想问,为什么亲身经历了这样一场劫难之后,还要选择同样的旅途继续走下去,不怕危险吗?可是,我没有问。

益西是藏传佛教徒,他相信生死由命、富贵在天;他也相信,人的生命只不过是蛹和蝴蝶的关系,得像一朵花一棵草那样去顺应自然,顺应轮回,顺应周而复始。死亡并不存在,只不过是一种形态的终止。那么,也许在那一夜,益西根本没有入睡,他会和他朋友的灵魂在此相遇,以另外一种形式交谈。

千年秀巴古堡

冬天。下午。我来到千年秀巴古堡。走进形同朽木的丛林之中,林间泛出清冽死寂的光。时光倒转。带我回到唐朝,回到地老天荒遍地传奇的年代。

千年前的烽火台已成遗址。有古老的风在身边穿越,还有静止不动的时间。有些声音藏在某处。但我听不见。恍惚中,觉得自己成了一缕魂魄,可以就这样永生地走下去。我不知道这个女人是何时出现的,一个如时间一样苍老的女人,忽然便站在我面前。她令我相信,有一种人,她并不属于自己。她属于大地。是时间本身。

我随着她走进她的家里。墙已风化,这里的每一块砖和每一块石头,随随便便就能将你带回远古,带回唐朝,带回你从未描述过的梦境里。

这哪是家啊?这应该是庙堂。它的古老,让我不得不想起庙堂。啊,我不能老是走神。我坐在椅子上,不,是一截朽木上。高原的阳光明明暗暗地,在我们身上晃来荡去。我在阳光下和她老伴聊天,喝青稞酒,帮她生火烧炉子……多么明亮的下午啊！我们一直在笑着，忙着，聊着。虽然，我们什么都听不懂。但是，但是我还是那么认真地"听"着。

我叫她"阿婆"。但是阿婆听不懂，她不会知道"阿婆"是什么意思。只要我开口叫她，她便咧开嘴冲我笑，顺带说出几句绵软的我听不懂的话。她上了岁数的嘴里，已古老得只剩下舌头了。所以她不用刷牙。

这个下午，我恨不得立即掌握她的方言，听她讲整个下午的话。我相信她肯定能讲出一针见血的话。因为生命本身给了她太多的东西。

在这荒芜的世界里，我愿意相信，这个家就是一个传说中的庙堂，她就是撑起这个庙堂的女神。阿婆沧桑的脸，以及她那古老的舌头，让我奇怪地想起一句话：枝繁叶茂的树木从来都没有资格支撑庙堂。

注视一场婚礼

在太阳落山之前,我赶到了工布日多村,赶上了这场婚礼。

我不会跳藏族舞蹈,但我加入他们。随着他们齐声喊出的节拍舞动身体,火焰在每一张脸上跳跃,闪着光。烟雾在黄土坡上弥漫。我相信此刻,神也一定会在场,给新郎新娘带来祝福!

受过祝福洗礼后的新郎坐回屋里,脸上有抑制不住的喜悦。他为我倒酒时,我不敢多看他。他脸上的喜悦太令人感动。他们的婚床上,堆满洁白的哈达,洋溢着祝福。新娘为我戴上哈达。远方的客人在他们的眼里,就是神派来给他们捎去祝福的人。

藏人个个能喝酒,而且善于劝酒。一口气喝下三杯青稞酒,人开始有点发飘,脸微微烫。

明明在注视一场婚礼。然而,一转身,眼里却撞进一大块空。

　　歌在轻唱,舞在猛跳。那天的云和风里,都是祝福。我在满满的祝福声里告退。转过身去,看到落日恋着山尖,亮出一片金黄。像我夜夜咬破的灯光。

　　我抬脚走开,笑声退远,我的脸已渐渐平静。

// 新郎

月光旅馆

月光旅馆是一个私人小旅馆，坐落在藏北无人区阿里境内的札达县。我对月光旅馆并没有感觉，也没有很深刻的印象。它和很多私人开的小旅馆一样，简陋潮湿，且带着淡淡的酸臭味。记住它，只是因为一个女人，还有旅馆旁边那一片树林。

札达离古格只有十八公里，在这样的地方，能遇见一片树林，真是非常难得。好几天都没有见到树木了。那天下午放下行李，想去树林里走走。说是树林，其实也就一些树零零落落地站在这个县的顶端，和街对面一座光秃秃的土丘遥遥相对。也许和周围的一片荒漠相比，那片绿色的树木尤为醒目，自然它便在我心里成了一片诗意的树林。

成片的树木都直直地伸向空中，非常挺拔魁梧，从它们匀称的身材和差不多的高度来看，一定是在某一年的同一时刻，一起下种的。树与树的间隔很大，整片树林一眼就能望穿。阳光从树梢洒落下来，将树叶晒得暖暖的，在风中飘过来淡淡的植物香，非常令人陶醉。

我忽然看见一个女人匆匆地走过来，走进树林，就在离我不远的一棵树旁边蹲下去，她一甩拖地长袍，蹲得如此从容，又如此肆无忌惮。

　　我认识她，她就是月光旅馆的一个服务员，是她帮我们拿来一壶热水。我们房间五个人，喝的洗的全在那儿，我过去向她再讨一壶水，她笑着拒绝了。也许她摇头并不是拒绝，而是她根本听不懂我在说什么。反正我没讨到水，我只记住了她。我想也正是那壶水，让她记住了我。她在我面前蹲下去的时候，朝我笑了一下。她笑得那么自然，而我却不好意思地走开了。

　　那片树林就直直地对着街道，没有任何阻挡。但是比起其他地方来，那片树林自然成了人们如厕的最好去处。

　　有那么一瞬间，我想把这样的场景拍下来。我甚至想，当那个女人在我面前蹲下去的时候，如果我拿出相机来拍，她一定不会反对。但是，我这又算什么呢？这样的拍照除了猎奇以外，难道还能称之为艺术吗？

　　都说艺术来源于生活。其实这里的人们，他们的生活极其简单，包括她们的思想。我沿路遇到过一些女子，也拍过她们一些照片。她们的眼神一律清澈如水，因为从小信佛，她们的脸上便有一种与生俱来的虔诚。由于信仰的充实，我相信她们的精神生活也是充实的，但是，毕竟无法掩盖事实上的贫困。我们看到了一切，看到了衣衫褴褛的爬行者，看到了背着孩子的牧羊女，看到了沿途的乞讨者。这样的情景，总是让我们陷于一半感动一半同情当中。在那样的时候，我们总是不自然地眼圈发红。

身为女人,我特别地留心那些路遇的女人。艰苦的物质生活,令她们的身材走了样。缺乏成长中必需的营养,她们便有了肥硕的乳房;为了应付劳作而毫无节制地喂饱自己的胃,她们便有了鼓起的腹部。这在整天为节食和减肥作奋斗的都市女人来看,简直是不可想象的。而她们就这样成熟于生命的艰苦中,成熟于几乎没有什么人的环境里,她们成熟于自然。她们就是这个高原上的一种产物,跟一块石头,一粒沙子,一朵不知名的小花一样,属于大自然。

进阿里这些日子,以为路途的艰辛,和对高原环境的不适应,会令自己瘦下去。没想到那些天天天在胖。自己都能感觉到腹部在日渐肥胖,脸蛋也越变越圆。半个月后才知已胖了十几斤重。身边的人个个以为我会瘦下一圈回来。只有我自己知道,在这样的环境下,只要身体能适应环境,一般都不会瘦,反而会胖。因为为了对付环境的恶劣,提高身体能量,我每天提醒自己多吃,多喝,就像那些路遇的女子一样,为了对付日常劳作,她们自然会补充食量。她们绝对不会理解城里女人为了减肥而节食的行为。

她们是未经修饰的自然的生命,是坚韧而自足的生命。她们根本不会知道什么是名,也不知道什么是利。也许从夹缝里知道些世局,但并不关心。更可贵的是,她们大多都是快乐的。可她们又不刻意去追

// 西藏·米拉雪山(海拔5200米)

求快乐。这是最高也是最低的境界。

　　但不管怎样，女人总是爱美的。从她们穿的鲜艳的藏袍和佩戴的各种饰物中，无不透露出她们追求美的天性。

　　我在一个小商店外再一次看到那位女子，她正对着橱窗玻璃当镜子照。她的指尖一下一下地抹过嘴唇，是在涂唇彩。她的指甲涂满鲜艳的蔻丹。她的动作从容自然，就如她在树林里蹲下去一样自然。又好像那玻璃本来就是她家里的。

　　我静静地看着，双眼忽然便有些潮湿。这位女子，以及生长在这里的女人们，她们多么像开在荒漠里的繁花。

圣路无终

在藏地行走，总是会撞见这样一些贴身大地的信徒。他们始终在朝圣路上。在八廓街时，我问过几个信徒，问他们为什么要朝圣。他们总是很疑惑地看我一眼，对于他们，这个问题是愚蠢至极的。有人说，朝圣是为了赎罪；有人说，朝圣让他感到无尽的幸福；但更多的人说，他们是为每一个好心人祈祷，让这些人都能过上好日子。一个年轻人，他告诉我，是为了世界和平。

于是，他们以身体代步朝拜前进，让每天的心境和体力保持均匀的状态，让每一天的行动完全雷同。无法单独地记起每一天。磕长头成为修行中最漫长又最不用费劲言说的过程。他虽然缓慢，但并不认为自己是在享受过程，他的出发点是保持那种固定的速度，那种最虔诚的让大地一一掠过身体的方式。拒绝省略。他时刻都在到达他的目的地。当他身体的部位接触到大地，向前只是一个附加的结果，当他祈祷的时候，他碰巧是在一个前进的方向上。他在路上舒展收缩着身体，膝盖、前胸和额头贴着抗磨的皮革，手上是一副破旧的木屐，他的手、额头、膝盖、脚跟和他的目光构成一条直线，单纯得像一条有尖头的直线。

他们朝着布达拉而去，朝着各个寺庙而去，朝着神山圣湖而去。几天，几月，甚至几年。有一些信徒，在刚刚离开家门去朝圣时，带着家里全部的牛羊马车和贵重衣饰，沿途施舍，但往往还没到达目的地，就已变成了被别人施舍的乞丐。他们依然乞讨着孜孜不倦地朝着一个不变的方向去。许多藏人，就出生在朝圣路上，又死于朝圣路上……

阳光为朝圣者涂上一层金粉，远远看去，每一个卧下的身体，紧贴大地，看上去都是一尊度母，一尊佛。

但他们不需要同情。你的感动，你的落泪，是你自己的事，与他们无关。一个有信仰的人，尽管他们走不到圣地，我想，他们的人生亦是圆满的。他们的快乐比我们多。我们没有资格去同情。对他们来说，多转一次经会比多得到一件物质更幸福。对他们最大的尊重，也许就是不要打扰。

而我，一个没有信仰的女子，在路上走走停停，内心充满犹疑，不断在自我抵触中将一种思想进行分裂或者拼合。就像一个迷途的人，一次又一次任茫然的目光飘移向每一个路口处。我世俗的旅行目的，也许在很多人眼里，比一个朝圣者更加扑朔迷离。

// 大昭寺前朝圣的女孩

图书在版编目（CIP）数据

去奈斯那 / 鲍贝著. —太原：北岳文艺出版社，2014.4（2020.1重印）
ISBN 978-7-5378-4105-4

Ⅰ.①去… Ⅱ.①鲍… Ⅲ.①游记－作品集－中国－当代 ②散文集－中国－当代 Ⅳ.① I267

中国版本图书馆CIP数据核字（2014）第061283号

书　　名：去奈斯那
著　　者：鲍　贝
责任编辑：贾江涛
书籍设计：张永文

出版发行：山西出版传媒集团·北岳文艺出版社
地　　址：山西省太原市并州南路57号
邮　　编：030012
电　　话：0351-5628696（太原发行部）
　　　　　010-84364428（北京发行中心）
　　　　　0351-5628688（总编办）
传　　真：0351-5628680　010-84364428
网　　址：http://www.bywy.com
E-mail：bywycbs@163.com
经 销 商：新华书店
印刷装订：山西万佳印业有限公司

开　　本：787×1092　1/32
字　　数：176千字
印　　张：8.5
版　　次：2014年4月第1版
印　　次：2020年9月山西第3次印刷
书　　号：ISBN 978-7-5378-4105-4
定　　价：45.00元